en une fraction de seconde, un demi d'ouverture mis en possession de la balle à la sortie d'une mêlée ou un arrière vers lequel s'élance la troisième ligne adverse, on se dit qu'aux vertus de décision et d'initiative exigées du joueur de rugby, peu de chefs d'entreprise seraient dignes de la sélection.

Jean Lacouture,
Réalités,
avril 1976

Jean Lacouture, né à Bordeaux en 1921, est diplômé de sciences politiques. Il découvre l'Indochine en 1945, et y débute dans le journalisme. En 1950, il entame à *Combat* sa carrière de journaliste-reporter, poursuivie au *Monde* et au *Nouvel Observateur*. Il couvre les guerres d'Indochine et d'Afrique du Nord, puis est correspondant de *France-Soir* en Egypte. C'est à ce pays qu'il consacre son premier livre *L'Egypte en mouvement* (1956), écrit en collaboration avec sa femme Simonne. Suivent *Cinq hommes et la France*, puis *Ho Chi Minh* (1965), *Malraux, Mendès France, Champollion, De Gaulle*. Il est aussi l'auteur au Seuil de *Le rugby, c'est un monde* (1978), *Montaigne à cheval, Une adolescence du siècle : Jacques Rivière et la NRF, Mitterrand le Français* et aux éditions Liana Levi *Greta Garbo, la dame aux camélias.*

Dépôt légal : mai 2000
1er dépôt légal : janvier 1993
Numéro d'édition : 96022
ISBN : 2-07-053139-2
Imprimerie Kapp Lahure Jombart, à Evreux

A tous les voyous et les gentlemen qui m'ont enchanté

VOYOUS ET GENTLEMEN
UNE HISTOIRE DU RUGBY

Jean Lacouture

DÉCOUVERTES GALLIMARD
SPORTS ET JEUX

Le rugby est-il un jeu? Une forme de guerre? C'est un sport, en tout cas, que beaucoup disent «de combat». C'est aussi une manifestation folklorique qui a ceci de particulier qu'elle exprime aussi bien l'âme profonde des Maoris des monts Takitimu que celle des collégiens d'Eton ou des bergers à échasses du pays de Born, et tout autant la culture des mineurs de Powtrhydfrendigaid que celle des piroguiers des îles Fidji. Mais il est permis de rattacher encore le rugby soit à la magie noire, soit à la climatologie.

CHAPITRE PREMIER
NÉ SOUS LA PLUIE

Charge fougueuse dans un champ anonyme au temps de Byron (à gauche) ou tir au but dans la cour de l'école de Rugby (ci-contre), tout se passe sous un ciel plombé.

Un Africain originaire d'un pays de savane sujet à de fréquentes sécheresses revient au pays natal après un long séjour à Londres. Ses concitoyens l'entraînent au pied de l'arbre à palabres : «Raconte...». «Les Blancs sont vraiment très forts. Ils ont inventé une religion admirable. Le samedi, ils se réunissent autour d'un pré entouré de tribunes où s'entassent les fidèles. Soudain paraissent trente hommes vêtus de couleurs vives, suivis d'un homme en maillot noir. On joue de la musique, l'homme en noir prend un sifflet, souffle dedans – et la pluie se met à tomber...»

Il est tentant d'établir une relation causale entre notre jeu à quinze et la pluviométrie généreuse qui donne leurs aimables couleurs aux prairies du Sussex. Ce qui est clair en tout cas c'est que ce jeu n'est pas apparu au pied des Pyramides, mais dans la cour herbeuse d'un collège du Warwickshire, au temps où les jeunes gens bien nés de l'ère prévictorienne devaient s'exercer aux gestes de voyous pour mieux assurer, d'un continent à l'autre, le déploiement de l'empire des *gentlemen*.

A quoi jouent donc ces adolescents bien chapeautés, l'un piétiné, l'autre mal remis de quelque horion, dans un paysage à la Constable? La balle qu'on entrevoit semble encore ronde, mais l'élan collectif paraît bien être de ceux que les graves professeurs de la Rugby School vont s'efforcer de réglementer, en vue de tirer de ces comportements de voyous une éthique de *gentlemen*.

Sur le *bigside* de Rugby, les voici en pleine action, coiffés de leur *cap*, les élèves de Thomas Arnold aux maillots marqués, pour les uns d'une croix de Malte et pour les autres d'une surprenante tête de mort. Il est temps qu'interviennent les juristes de l'*Union*, ne serait-ce que pour interdire le *kicking* massacreur de tibias, dont l'image ci-dessous donne un flagrant exemple, et rendre aux mains leur fonction bénéfique.

D'abord, la légende...

Nous sommes sur le terrain de jeux, le *bigside*, de l'école de Rugby, petite ville située à 120 kilomètres au nord-ouest de Londres, entre Oxford et Cambridge. Ce collège, aussi fameux que ceux de Marlborough ou d'Uppingham, est une pépinière de futurs baronets, de probables vicomtes, la fleur de la *gentry*. On y boit sec, bière ou whisky. On y aime aussi les jeux de balle, dont le «*foot-ball*» : l'affrontement de deux groupes, l'un porteur de petites casquettes, l'autre de hauts-de-forme, qui s'efforcent de faire passer un ballon entre les barres d'un but en forme de H. On n'a le droit de saisir l'objet dans les mains que pour le passer vers l'arrière, à un équipier qui le frappera du pied.

Un jour de 1823 pourtant, William Webb Ellis, âgé de seize ans, que l'on dit d'origine irlandaise, prend le ballon à pleines mains, court vers le but adverse et le dépose derrière la ligne, laissant ses camarades pétrifiés, puis furieux. «C'était, déclara plus tard l'un d'eux, un garçon à qui l'on ne pouvait faire confiance lorsqu'il jouait au ballon.»

Webb Ellis inventant, balle sur le cœur, le noble jeu à XV? Non. Cette gravure de 1880 évoque un sport déjà élaboré, où l'on se dispute un ballon ovoïde.

A cette époque, ne pas «faire confiance» pouvait conduire assez loin. L'un des cadets de Webb Ellis écrivait en 1834 que «courir avec la balle pour avoir un essai en pointant dans l'en-but n'était pas absolument défendu, mais un jury de garçons de Rugby de cette époque eût à peu près certainement prononcé un verdict d'«homicide justifiable» si un type avait été tué en courant en avant le ballon en main.» Quand on sait qu'étaient autorisés le *hacking*, le *kicking* et le *tripping*, c'est-à-dire l'usage des pieds contre tout ce qui n'était pas la balle, on voit que notre inventeur l'échappa belle : il ne devait mourir qu'un demi-siècle plus tard, pasteur de l'église réformée, à Menton où il est enterré...

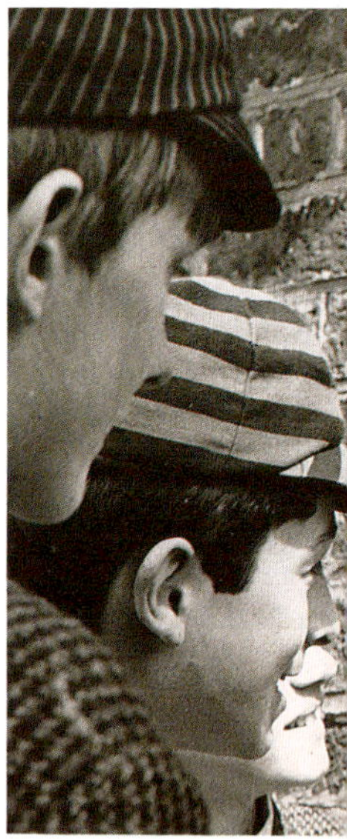

Légende? C'est possible. Mais ce sont de graves personnages qui ont apposé, sur le mur du *bigside* de la Rugby School, une plaque de marbre rose portant l'inscription suivante : «Cette pierre commémore l'exploit de William Webb Ellis qui, avec un joli mépris pour les règles du football telles qu'elles étaient pratiquées à son époque, prit le premier la balle dans ses bras et courut avec, donnant sa principale caractéristique distinctive au jeu de rugby.»

Bataille pour un berceau

Quand on constate que l'*Encyclopædia Britannica* consacre trente lignes à Rugby, signalant le passage de Cromwell qui y fit escale avant d'aller massacrer les Irlandais, mais ne fait nulle allusion à William Webb Ellis, on se prend à s'interroger...

C'est alors que se dressent les Ecossais, qui revendiquent pour père du jeu à la main un certain Jim Mackie des hautes terres, et qu'interviennent surtout les Irlandais clamant que le rugby n'est pas d'origine anglaise, mais vient de l'île verte, que le jeu originel s'appelait le *cad*, qu'il est né sous «leur» pluie, que d'ailleurs William Webb Ellis, peut-être né à Tipperary, avait des cousins natifs du Galway et que c'est d'eux que lui vint l'idée sublime de prendre la balle en main, comme d'autres leur destin.

Si c'est à Menton qu'est enterré le révérend Webb Ellis (ci-dessus), c'est bien sur le mur du *bigside* de Rugby, dans le Warwickshire (ci-dessous), qu'est apposée la pierre gravée commémorant son exploit originel, imaginaire ou non.

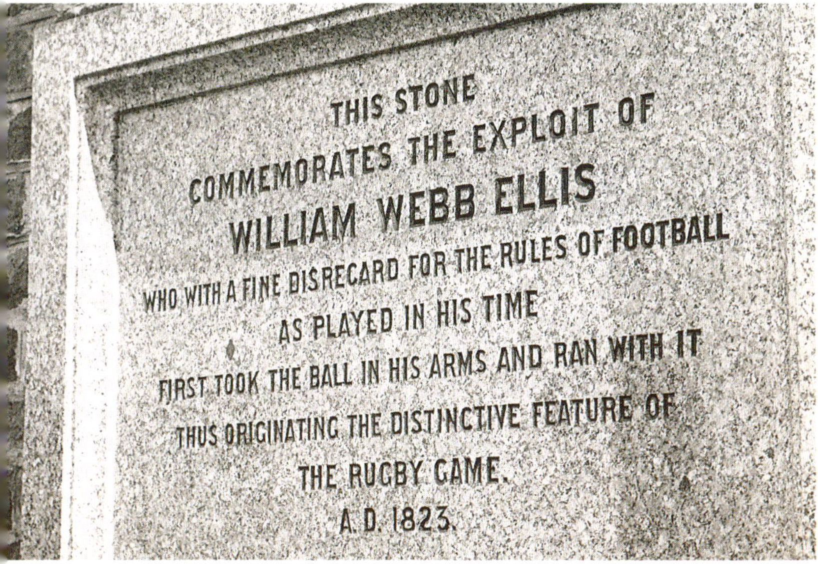

Même clocher, même tourelles, même façade, nouvelles règles : on joue décidément à la main, et à quinze. En 1888 (ci-contre), c'est toujours à Rugby que s'affrontent, maillots bleus rayés et rose saumon, les héritiers des pères fondateurs. Trois ans plus tard, en 1891, ce sont bel et bien (ci-dessous) les équipes nationales d'Angleterre – déjà en blanc – et de l'Ecosse – déjà en bleu marine – qui s'affrontent sur l'Athletic Grounds de Richmond.

A vrai dire comment n'être pas tenté par cette piste irlandaise ? Qui d'autre que les compatriotes de Yeats et de Synge, d'O'Casey, de Wilde et de Shaw aurait été assez fou pour inventer cette fête sauvage orchestrée par un légiste, ce jeu de tabellions pyromanes où règne une absurdité millimétrique, où le comble de la loi bride le pire de la furie, ce jeu qui ressemble si fort aux landes venteuses et déchiquetées du Connemara.

Un jeu shakespearien

A quoi on peut répondre, à Rugby, à Londres ou à Stratford, que la vieille Angleterre a plus d'un tour dans son sac, que les sorcières de Macbeth ont leur chaudron, le roi Lear la tête à l'envers, Othello le comportement d'un pilier de mêlée soulevé de terre par son vis-à-vis Iago (tout de noir vêtu comme les All Blacks)

et que le prince Hamlet ne se posait pas plus d'énigmes que le divin Cliff Morgan au moment où il lui fallait décider en un dizième de seconde s'il devait ouvrir sur son premier centre ou botter en touche.

Jeu shakespearien, où le bouffon est le plus sage, le roi le plus fou, jeu codifié par les ivrognes les plus sensés qui aient jamais pensé à organiser leur après-midi du samedi en prévision du terrible dimanche victorien, un jeu plein de bruit et de fureur, et – parfois – conté par un idiot. Qui aurait pensé, en vue de porter un objet au-delà d'une ligne, l'envoyer de la main en arrière, et du pied en avant ? Qui, sauf à être enivré des parfums de lady Macbeth, aurait pensé à donner pour but aux compétiteurs des poteaux à hauteur variable

Quand un jeu est devenu assez familier pour que sa phase la plus sévère – en mêlée – serve d'ornement au couvercle d'une boîte à gâteaux (vers 1900), c'est qu'il est vraiment devenu *a national game.*

et à écartement inégal selon que le tireur est né sur les bords de la Tamise ou sur les rives de la Garonne ? Qui surtout, aurait eu le toupet de donner pour enjeu à de tels débats cet objet oblong qui ne peut toucher terre sans éclater de rire ?

Ovale, le ballon ? Si ce n'était que ça...

Ovale, ce ballon, comme les yeux de la reine Claude, comme les calissons d'Aix, comme les pastels de La Tour ou les places d'Edimbourg ? Non : ovoïde.

De toutes les énigmes que posent les règles, modalités et procédures du rugby, celle-là est à coup sûr la plus fascinante : la forme du ballon. Depuis qu'il y a des hommes, et qui remuent, se frôlent, s'affrontent ou s'ébrouent, bien des objets ont volé, roulé, tressauté, des murs de Mycènes aux alvéoles d'Oaxaca – boules de pierre, de bois, de paille, de chiffon, petits animaux peut-être, ou courges, pommes, melons, citrouilles, pignes de pins...

Mais il a fallu quelque vice – de celui dont sont faites les règles de la tragédie classique, le décompte des points au tennis ou les procédures de sélection du président des Etats-Unis – pour inventer cet objet-là, né de la vessie d'un porc, de la peau de quelques vaches du Warwickshire ou du Kent, et de l'astuce industrialisante d'un cordonnier de Rugby, du nom de Gilbert. Le tout cuisiné sous l'égide bourrue de Thomas Arnold, directeur de l'école de Rugby qui

Un porc y retrouverait-il sa vessie? Non. Mais un demi de mêlée *(scrum-half)* d'Oxford sait en faire bon usage... mieux que ces poules de Donald Mac Gill, chapitrées par un coq : «Eh bien! mesdames, je ne dis pas que vous ne faites pas de votre mieux, mais regardez donc ce qu'ils pondent ailleurs.» Mais ce coq n'a évidemment rien à voir avec le ridicule gallinacé tricolore qui sévit avec outrecuidance au-delà de la Manche.

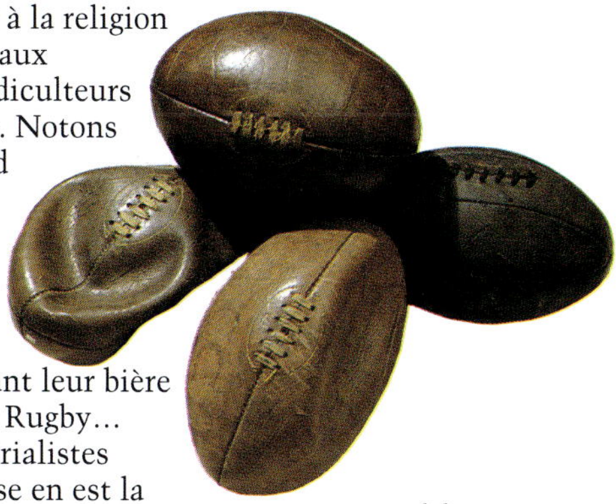

donna un éminent prédicateur à la religion anglicane – et accessoirement aux tonneliers de Béziers et aux radiculteurs de Bègles le noble jeu de rugby. Notons en passant que Thomas Arnold détestait cet exercice hirsute, mais plus encore l'ivrognerie, et qu'il finit par choisir de régenter des élèves décoiffés et quelque peu sanguinolents plutôt que des *gentlemen* cuvant leur bière sur les banquettes des *pubs* de Rugby…

Ovoïde, pourquoi ? Les matérialistes avancent posément que la cause en est la forme de la vessie du porc, aussi allongée que cet animal sait être dodu. Une vessie de porc suffirait-elle à donner son style et son sens à ce moment de la civilisation du coup de dé ? J'en doute. Autant résumer le jeu du XV de France par le comportement du coq, animal encore plus bête que les autres (les «supporters» excepté), sonore, cabré, outrecuidant…

Du globe vaguement étiré vers les pôles que manipulaient les collégiens du temps de Victoria à l'œuf de cuir pâle du début du siècle, on aboutit au joli objet sculpté, effilé par Maître Gilbert, cordonnier, comme pour en rendre les rebonds de plus en plus imprévisibles. Il faudra encore un demi-siècle pour passer de ces huit panneaux de cuir au «synthétique».

L'ovoïdité du ballon que se disputent les trente types décomptés par notre conteur africain ne s'est pas imposée d'emblée. Rien ne prouve que l'exploit de Webb Ellis, dont ne subsiste aucune trace iconographique, fut accompli avec une balle oblongue. Les premières images où paraît, coincé sous une aisselle ou volant de main en main, le ballon allongé, datent de 1860 environ. Auparavant, certains disciples (complices ?) d'Ellis durent galoper en trimbalant quelque

autre vessie (de qui ? de quoi ?) et nos matérialistes pourraient assurer que c'est à force de serrer sur son cœur la balle originelle (et pourtant, elle est ronde !) que les jeunes *rugbeians* ont remodelé l'enjeu de leurs ébats.

Comme nous voilà loin des entassements informes du *bigside*. Le style de ce M. Stoddart est déjà celui, délié, gracieux, des virtuoses dotés du *french flair*. Et quel regard, ce Stoddart!

Ballon-marmot, ballon-mouflet ?

Au-delà de l'anatomie du porc, il y a bien, derrière tout cela, quelque raison (déraison) créatrice. Cette forme oblongue, d'emblée placée sous le signe de l'œuf (ovoïde), fait référence à la maternité, à la sensualité, à la sexualité. Telle photo de Guy Boniface pressant l'objet sur sa poitrine, ou de Gareth Edwards le manipulant entre ses paumes, ne peut manquer de faire penser aux gestes de l'amour – fût-il paternel, ou familial.

On a pu entendre, ou lire, des interprétations plus directement sexuelles, où la forme de l'objet du désir, et le désir lui-même étaient évoqués sur le ton le plus cher à Lacan. Chacun sait que si l'on dit «prendre son pied», les mains jouent tout de même un rôle primordial dans ce genre d'affaires, et que le «jeux de main, jeux de vilain!» de notre enfance, surtout de notre adolescence, ne visait pas seulement les taloches (les beignes, les roustes, les marrons, les castagnes...) que nous échangions pendant la récréation.

L'objet du désir n'est pas forcément obscur. Encore que celui-ci puisse l'être, enfoui sous les mêlées, les *mauls*, les empilages, pour être extrait, accouché dans la douleur après avoir été «travaillé» : on n'emploie là que les mots les plus ordinaires du vocabulaire enfanté (encore !) par et pour ce jeu, dont la signification sexuelle est si évidente que de nombreux éducateurs – à commencer par les jésuites, qui n'ont dans leurs poches ni leurs yeux, ni leurs

Cette sortie de mêlée de 1901, vue par Harry Elliott, est déjà d'un classicisme sans bavure. Un *dribbling* s'amorce.

oreilles – aient jugé bon de le proscrire. Bref, il est ovale (ovoïde) ce ballon désiré – mais non sans ambiguïté. Car Michel Serres qui fut, lui, un beau troisième ligne du Sporting Union agenais le compare au furet que l'on se passe et se repasse et qui brûle les doigts, et qui appelle sur vous, porteur du trésor, la vindicte, les charges, la rapacité, les placages. Redoutable merveille que cette balle en forme d'Enfant Jésus !

Le rugby frôlerait-il la bêtise s'il était pratiqué avec un ballon rond ? Le fait est que l'absurdité gracieuse des formes de la balle contribue fort à donner à ce jeu cette poésie qui a tant de prise sur les intellectuels, de Capetown à Cordoba ou Toulouse, et que cet objet qui, rebondissant sur la pelouse, ne fait rien de ce que prévoit un ancien élève de l'ENA, confère une ironie hasardeuse et franchement celte à cet exercice où se côtoient et se confrontent avec un égal succès les géants de l'*Or du Rhin* et

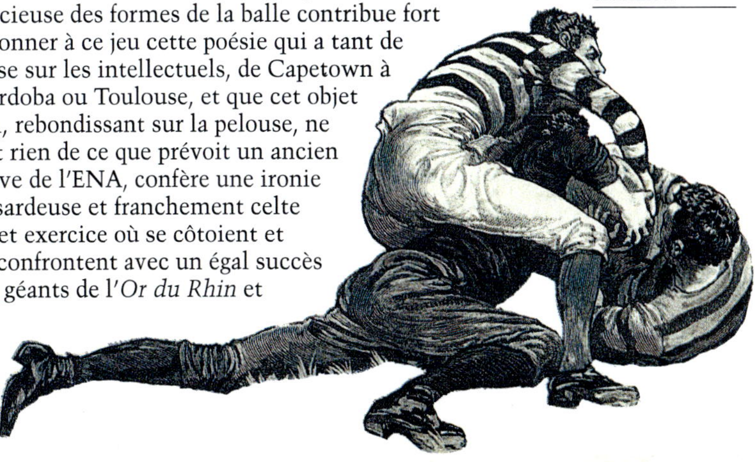

Le bon spécialiste W. B. Wollen propose, lui, cette empoignade sans merci. Il est temps de siffler pour une mêlée ordonnée.

les nabots aux genoux cagneux. Bref, de l'herbe, des mains, de l'ovale, et du britannique à l'origine, plus ou moins anglais, écossais ou irlandais – rassurez-vous, les Gallois ne seront pas oubliés, ni les messieurs des antipodes. Mais Rugby-la-ville ou pas, Thomas Arnold d'accord ou non, vessies ou lanternes, à quinze ou à vingt, ce jeu s'est formé, transformé, épanoui sous la pluie bienfaisante tout au long du règne de la reine Victoria, parallèlement à la conquête des Indes.

« Play up Ulverston», «Play up England» : surmontés de la couronne d'or et de velours de l'impératrice des Indes, voici des champions enguirlandés de roses qui ne tiennent pas à passer inaperçus. Esprit d'équipe, ou star-system?

Le rugby pour un empire

Ce n'est ni par hasard, ni pour l'ovale parfait de son visage, que l'on cite ici Victoria. Toute tentative de dater les phases décisives de l'histoire du rugby dans les îles Britanniques revient à scander le règne de l'impératrice des Indes. 1823, ce n'est pas seulement l'année de la foucade de Webb Ellis, mais aussi celle de la réforme du code pénal en Angleterre. En 1846, les meilleurs joueurs de la *public school* se réunissent pour essayer d'établir les règles de leur jeu favori; c'est alors que les lanciers de Sa Majesté soumettent décidément les Indes en écrasant la résistance du Pendjab.

1871 est la date du premier match «international», entre l'Ecosse et l'Angleterre, à Edimbourg; mais aussi celle du traité de Londres, qui assure le contrôle des mers par la flotte britannique, et marque l'apogée du règne. Et si c'est en 1890 qu'est fondé l'International Board, première juridiction internationale du rugby, qui confirme les

Britanniques comme gardiens du temple, c'est aussi cette année-là que la démission de Gladstone assure à la reine-impératrice le retour au pouvoir de «ses» conservateurs et la restauration de son hégémonie morale. Bref, Buckingham et Rugby, guerre en habits rouges et luttes en maillots blancs frappés de la rose, affirmation de l'Empire et stabilisation du jeu à quinze, la convergence est saisissante et *Rule Britannia* paraît donner le ton aux *Rules*, aux règles, au Code de Rugby, qui s'élaborent de 1830 à 1893.

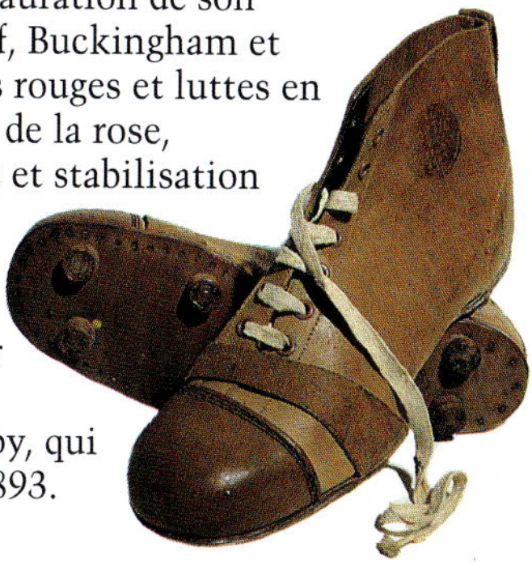

Oh God! Le bel essai. «Dans un trou de souris.» Ballon posé, ballon glissé? Hum... On ne saurait dire que les joueurs au maillot bordeaux n'aient pas tenté de barrer la route au champion des bleus. Mais tout de même, à trois contre un... Le perceur de murailles, c'était peut-être Bancroft, ou Dave Gallaher.

«On vient juste de jouer» : la légende du lithographiste Purvis (ci-contre), en dit assez long. A ne pas montrer aux mères de famille du Sussex ou des Borders. Les graves personnages en redingote que l'on voit ci-dessous et qu'on n'appelle pas encore «arbitres» mais *umpires* ont beau être deux à surveiller le jeu, on a dû ce jour là user encore du *hacking* interdit.

Le Code de Rugby

Ces règles qui, ayant pondu un œuf, n'ont cessé depuis lors de bouger, comme les codes des sociétés vraiment civilisées où la loi est attentive aux mœurs, ont d'abord pour objet de signaler, en 1846, ce qui distingue le jeu pratiqué à Rugby, qui continue à s'appeler *football* mais se pratique aussi avec les mains, et proscrit expressément le *hacking*, ou coup

de pied systématique contre les jambes notamment au-dessus du genou, et le *tripping*, ou croche-pied par-derrière. Alors s'opère la césure définitive entre les tenants du Code de Rugby et les manchots du «football-association», le *dribbling game*, ancêtre du football moderne.

Un de ces placages que les reporters disent meurtriers, et dont on ne sait qui se relèvera le plus meurtri : mieux vaut, pour l'un et l'autre, plaquer aux jambes.

Un autre schisme interviendra en 1893, avec la sécession de la Northern Union. Cette fois, il ne s'agit plus de procédures de jeu, mais de contradictions sociales. Nous avons vu à quel point il est, à l'origine, un dressage aristocratique. La formidable mêlée multicolore qui s'agglutine sur le *bigside* de Rugby, c'est la préfiguration d'une séance à la Chambre des lords, quelques gestes en plus, et d'autres en moins. On cogne comme des escarpes, mais le sang qui coule est bleu. On se comporte en voyous (*«a game for butcher-boys»*) mais on est entre *gentlemen* assurés que ces violences ne sont qu'exercices préparatoires à la mise au pas des Zoulous ou des Cipayes. Horions de «garçons bouchers» et nez dans la boue, pour la plus grande gloire de l'Empire.

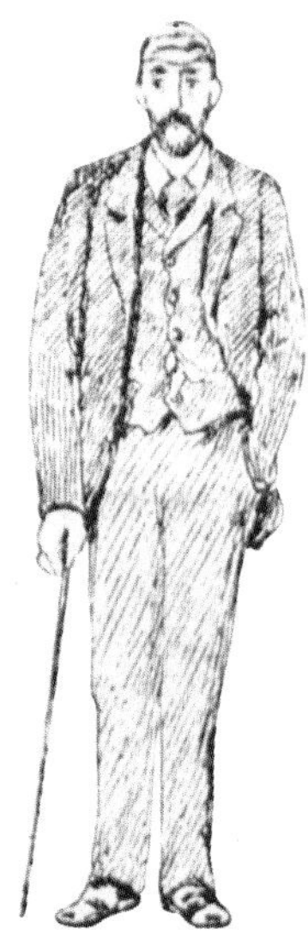

Amateurs ou professionnels ?

A partir de 1865, pourtant, le petit peuple des régions industrielles – Yorkshire, Lancashire ou *borders* écossais – se passionne pour le nouveau jeu.

Mais la pratique de celui-là requiert du temps libre (pour l'entraînement, le match, la récupération), un équipement, des espaces – des moyens. Les joueurs prolétaires du Nord demandèrent non de rompre avec l'amateurisme sourcilleux qu'avaient imposé les *gentlemen* de Rugby, de Marlborough ou de Harrow, mais un «manque à gagner», une compensation financière pour «perte de temps de travail de bonne foi». Le président de la Rugby Union (la fédération des gens soumis au Code de Rugby, créée en janvier 1871 à Londres), Jim Budd, répliqua que si l'on appliquait cette règle, il faudrait indemniser plus fortement les patrons que les ouvriers – ce qui reviendrait trop cher. Et l'un de ses vice-présidents précisa aimablement que ceux qui ne pouvaient pratiquer le sport en amateur n'avaient qu'à y renoncer... D'où la rupture, le repli des nordistes et la transformation de la Northern Union en Rugby League (fédération rivale) qui allait être à l'origine du rugby professionnel et de ce qui deviendra, en 1904, le jeu à treize.

Pourtant, le sport issu des us et coutumes de l'école de Rugby a conquis son statut international. Le premier match de ce type, Ecosse-Angleterre, s'est déroulé à la fin de mars 1871, à Edimbourg. Chaque équipe comptait alors vingt joueurs – mais portait déjà les couleurs d'aujourd'hui : maillot blanc orné

Ils étaient vingt (à gauche) les Anglais qui, pour la première fois, défendirent en 1871 les couleurs de la rose contre les Ecossais fiers de leur chardon. N'étaient les favoris du costaud du premier rang – quelle tentation, pour l'adversaire, pour un pilier de mêlée, notamment! –, ils ont l'air très moderne, déjà, les types au maillot blanc. Battus à Edinbourg (Raeburn Place), ils prendront leur revanche l'année suivante à Londres.

de la rose pour les Anglais, bleu marine frappé de l'acanthe des Highlands pour les Ecossais, qui l'emportèrent par deux essais à un. Il n'y avait pas d'arbitre : chaque équipe avait désigné un *umpire*, un fondé de pouvoirs, qui négociait les cas litigieux avec son vis-à-vis. Conclusion de l'*umpire* des bleus : «Le plus convenable est de décider contre l'équipe qui fait le plus de bruit.»

Les règles, pourtant, étaient en cours d'établissement. Dès 1846, un code de trente-sept articles avait été élaboré, dont les prescriptions suivantes :

Art. 19 : Aucun joueur n'a le droit de se placer sur la barre transversale du but pour empêcher le ballon de passer.

Ce match Lancashire contre Yorkshire (ci-dessus), c'est un additif à la guerre des deux roses : Lancastre contre York!

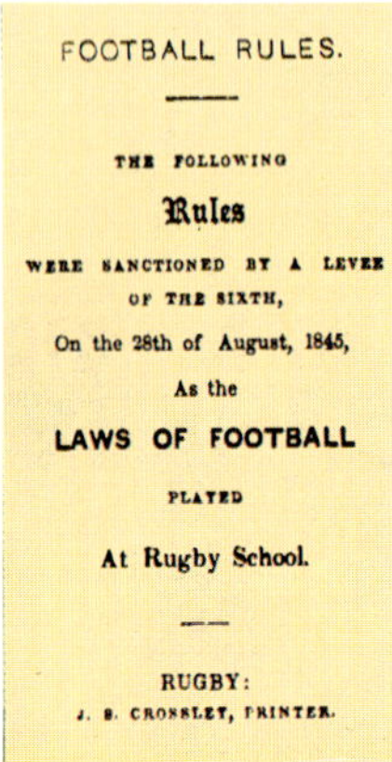

FOOTBALL RULES.

THE FOLLOWING

Rules

WERE SANCTIONED BY A LEVEE OF THE SIXTH,

On the 28th of August, 1845,

As the

LAWS OF FOOTBALL

PLAYED

At Rugby School.

RUGBY:

J. S. CROSSLEY, PRINTER.

Art. 28 : Un joueur n'a pas le droit d'arrêter la balle avec autre chose que sa propre personne.

Art. 32 : Le match est déclaré nul si après cinq jours le score reste égal, ou après trois jours si aucun but n'a été marqué.

La plupart des règles fondamentales de la pratique du jeu sont fixées vers 1880 : usage des mains pour porter le ballon au-delà de la ligne adverse, forme des buts en H, proscription du *hacking* et du *tripping*, interdiction du hors-jeu (position du joueur entre le ballon et le but adverse), obligation de respecter les lois de l'amateurisme... Mais restent à élaborer des articles du code qui nous semblent

Sous la page de titre de la brochure des *Football Rules* de 1845 déposée au collège de Rugby (à gauche), voici l'équipe de Cambridge de 1885 (ci-dessous). Sensation : ils ne sont plus que quinze – dix avants, deux demis, un trois-quarts, deux arrières. Les favoris ont disparu.

aujourd'hui élémentaires : le nombre de joueurs, une répartition en fonction des objectifs visés et l'institution de l'arbitre, ou plutôt des arbitres : nous avons vu que les premiers matchs internationaux, dans les années 1870, opposaient des équipes de vingt garçons, dépourvus d'arbitres.

Ce n'est qu'à la fin du siècle que l'effectif d'une équipe fut fixé à quinze joueurs – dont dix avants, deux demis, un trois-quarts et deux arrières, la redistribution des rôles ayant été opérée sous l'influence des Néo-Zélandais d'abord, puis des Gallois, et enfin des Français soucieux de donner plus d'importance aux lignes arrière et de développer le jeu de passes – longtemps ignoré ou tenu pour pervers par les lourds rejetons des gentilshommes du Warwickshire. (L'inverse, observons-le, de ce qui fut la physionomie de la bataille d'Azincourt, victoire des mobiles trois-quarts anglais sur les épais chevaliers bardés de fer qui formaient en 1415 le pack français...)

Le Warwickshire est en Angleterre, à coup sûr, et faute de mieux, on s'est rallié à la version Webb Ellis de 1823. Mais on ne négligera ni l'Ecosse, ni l'Irlande plus ou moins inspiratrice, ni bien sûr le pays de Galles.

A Blackheath, en 1892, un blanc joueur anglais marque entre les poteaux des défenseurs écossais mystifiés. L'*Illustrated London News* a demandé au réputé dessinateur Wollen de célébrer la victoire par une gravure de première page. Le rugby est entré dans l'histoire. Mais deux ans plus tard, l'engouement pour le jeu à XV est tel que le nouvel Angleterre-Ecosse inspire à deux peintres associés, W. H. Overent et L. P. Smythe, la fresque poignante (page suivante) où l'on remarque un arbitre, enfin unique, muni d'un drapeau blanc.

Carte des «nations» qui se sont disputé la suprématie jusqu'à l'entrée en jeu de la Nouvelle-Zélande, de l'Afrique du Sud, de l'Australie et de la France (1906). Il y a aujourd'hui environ 300000 joueurs en Angleterre, 20000 en Ecosse, 20000 en Irlande et 50000 au pays de Galles.

En Ecosse, un rugby pur et dur

L'Ecosse est donc le berceau de Jim Mackie et le vainqueur du premier match international. Le rugby y est né, on l'a vu, dans les universités et les collèges – Edimbourg Academy, Loretto, Merchiston –, où se déploient les nobles tartans et s'affrontent les fils des grands notables des hautes terres. Mais il a très vite gagné les *borders*, la province méridionale frontalière de l'Angleterre – pâturages et labourages – puis les zones industrielles de Hawick et de Jedburgh, par exemple, mais pas Glasgow où règne, dès l'origine, le jeu à onze.

En matière de jeu à XV, l'Ecosse, qui a donné au rugby, au XXe siècle, trois de ses plus beaux joueurs – le pilier «Jock» Wemyss, le *flanker* John Jeffrey, dit «le Requin blanc» pour sa tignasse pâle et la cruauté de ses placages, et l'arrière Andy Irvine, l'inspiré –, est ou fut le temple du conservatisme, bien que le terrain sacré de Murrayfield soit équipé, de la façon la plus moderne, d'un chauffage souterrain qui évite le gel.

L'écusson de l'Ecosse, à dominante bleu nocturne, est naturellement frappé du chardon légendaire des Highlands et barré d'un «Play up Scotland» qui galvanisa plus d'un Mac Gregor ou Ferguson.

Les messieurs d'Edimbourg ont tour à tour refusé l'indemnisation des joueurs blessés et pour longtemps indisponibles, rejeté quelque subvention que ce soit, et dit non à la numérotation des maillots des joueurs, pratiquée dès le début du siècle aussi bien au nord qu'au sud de la Manche.

Au roi Georges V, qui, venu présider un match à Edimbourg, s'étonnait de cette absence, le président de la Scottish Union rétorqua : «Sire, il s'agit d'un match entre sujets de Votre Majesté, non d'une foire aux bestiaux...»

En Irlande, un rugby interconfessionnel

C'est par d'autres traits que se signale le jeu irlandais, lui aussi né dans les universités et les *public schools* à dominante protestante, notamment à Trinity College, haut lieu de toutes les tentatives d'intégration à Dublin, où des émules de Webb Ellis commencent à manier l'étrange ballon dès 1860.

Le jeu à XV, instrument de l'oppression coloniale et de la répression anticatholique ? Que le *cad* légendaire précède et préfigure ou non le jeu à XV, et que Webb Ellis y ait plus ou moins trouvé son inspiration, le fait est que le rugby eut du mal à s'imposer face au football gaélique, très étonnant cocktail de football, de basket-ball et de rugby.

Le trèfle est à l'Irlande ce que le cèdre est au Liban et le bouleau à la Russie – et ce que les épinards sont à Popeye : une lampée et hop! les trois-quarts anglais dégringolent.

Ici, la lutte est engagée à la fin du siècle dernier par la Gaëlic Athletic Association contre les sports dits «importés de l'étranger» (c'est-à-dire par l'occupant britannique), que ce soit le cricket, le football ou le rugby. Mais petit à petit, la consolidation du système d'éducation catholique et la séduction qu'exerce le rugby sur ceux qui vont à la messe conduit les responsables «papistes» à plus de souplesse. Dès la veille de la guerre de 1914, le jeu à XV s'est développé parallèlement à Dublin la catholique et à Belfast la protestante. Nord ou sud, citadin ou rural, catholique ou méthodiste, le rugby va se développer avec une relative harmonie dans l'île, même après la reconnaissance de l'indépendance du Sud (1921) et la séparation entre l'Eire ainsi créée et l'Ulster maintenu dans le Royaume-Uni.

C'est même la gloire du rugby irlandais d'être l'un des très rares domaines où, à la différence du football et des autres sports, protestants et catholiques fraternisent sous le même maillot vert marqué du trèfle, et sans jamais qu'un incident notable, provoqué par une rivalité de vedettes ou autre, ne vienne troubler cet accord. Des cinq plus fameux joueurs qu'aient donné au rugby les gens de l'île verte – Jack Kyle, Tony O'Reilly, Andy Mulligan, Tom Kiernan et Mike Gibson – deux étaient ou sont catholiques, et trois protestants.

Sur la pelouse d'un petit stade de la banlieue de Dublin, au début des années trente, un fameux international (qui ne peut être ni Jack Kyle ni Tom Kiernan) répond, à l'entraînement, aux questions des jeunes et moins jeunes émules. «Et quand on est plaqué avec la balle par un type comme Gallaher? – Eh bien, je dirais... ne vous faites pas plaquer, les gars. – Et si on se trouve seul, à l'arrière, face aux deux frères Behoteguy? – Plaquez les deux.» Notation de sociologie religieuse : sur dix Irlandais qui jouent au rugby, sept sont catholiques. Mais dans l'équipe nationale les deux tiers sont protestants. L'usage de la Bible serait-il un atout?

Au pays de Galles, un rugby prolétaire

Chose étrange, le rugby gallois, longtemps le plus éclatant des îles Britanniques, et à coup sûr le plus prolétaire, est apparu le dernier et par la grâce de notables fortunés. Ce n'est qu'en 1871 (à l'époque

du premier Ecosse-Angleterre) que quelques *gentlemen* du Sussex et du Kent envoyés dans ces terres lointaines, apanage de l'héritier du trône, le jovial Edouard, créèrent la première équipe galloise, à Neath, avant celles de Llanelli (prononcer Tlanatli...), de Swansea et de Cardiff.

A Cardiff en 1908, les Gallois (en sombre) ne font bien sûr qu'une bouchée des Français (en clair). Les tricolores en sont encore aux balbutiements, et les hommes au poireau ont pour leader E. Morgan.

Ces messieurs étaient chargés d'animer et d'encadrer la révolution industrielle déclenchée dans la principauté par la découverte des mines, notamment dans la Rhonda Valley et le West Glamorgan. Les premières équipes sortent, comme en Angleterre, des collèges de Marlborough ou de Sherborne. Mais très vite les mineurs du charbon s'intéressent au jeu des patrons. Et très vite, le recrutement des équipes de Newport et du Carmarthen change de base sociale : 10 % d'ouvriers en 1870, 50 % en 1890, 75 % en 1910.

On est tenté de décrire l'histoire du rugby gallois comme une montée des hommes noirs vers la lumière, comme un arrachement à la caverne et une conquête de l'air libre. Alors que dans les *public schools* du Sussex ou du Devonshire, les éducateurs courbaient vers la terre le nez des *gentlemen* qui allaient devoir chaparder quelque province aux Boers ou s'enfouir dans les tranchées de la Somme, entre Cardiff et Pontypool, les prolétaires du sous-sol pouvaient voir dans le rugby une libération presque miraculeuse, une exaltation solaire. Ordalie pour le fils de lord Salisbury, assomption pour celui de Thomas Owen, mineur de fond. Ascension dans le sens le plus étroit du mot, c'est vrai, du trou vers la surface, des

En 1895 et déjà à Swansea, les quinze joueurs à la rose avaient fait bonne figure devant les mineurs corsetés de rouge, dans un décor de cité minière. S'ils pratiquaient tous l'art du placage comme le défenseur que déborde ici le trois-quarts aile anglais!

galeries obscures aux champs herbeux. Mais dans le sens de la promotion sociale aussi. Il faut avoir sillonné le pays de Galles, surtout à l'époque du Tournoi des Cinq Nations, pour savoir jusqu'où peut aller, inscrite, clamée sur les murs des cités noires, la gloire d'un de ces ex-mineurs ou fils de mineurs – un Ken Jones, un Barry John, un Jonathan Davies par exemple – pour peu qu'il ait brillé sous le maillot rouge marqué, non du poireau, comme le veut la légende, mais des trois plumes d'autruche octroyées au prince de Galles par le roi son père, au soir de la bataille de Crécy.

AMPLEFORTH
BEDFORD
BRIGHTON
CANFORD
CHARTERHOUSE
CHELT
DULWICH
EASTBOURNE
ETON (FIELD).
ETON (RUGBY)
FETTES
GLENA
LLANDOVERY
LORETTO
MALVERN
MARLBOROUGH
MERCHANT TAYLORS'
MERCH
RUGBY
ST PAUL'S
SEDBERGH
SHERBORNE
SHREWSBURY
STO

Maillots et *caps* des principaux collèges britanniques tels que les présentait en 1925 le *Boys Own Paper.* A noter, parmi les écussons, la fleur de lys d'Eton, l'étoile juive à six branches de Glenrimond, le lion (style Peugeot) de Wellington, l'étrange casquette, genre chasseur d'hôtel, de Harrow et la bizarre chéchia bleue qui sert de *cap* aux malheureux garçons de Shrewsbury.

RUGBY
TOUT FINI
TOUT FINI

Que le jeu à XV nous vienne des îles Britanniques, voilà ce que ne peuvent admettre bon nombre de Gaulois imbus de leur coq : n'aurait-il pas, sur ce terrain comme sur les autres, fait lever le soleil ? Ainsi le savant jésuite Burnichon, historien de sa Compagnie, soutient-il que «ces jeux ramenés de l'étranger sous des vocables exotiques étaient depuis longtemps pratiqués dans nos collèges, le mot sport étant un vieux terme français passé dans la langue anglaise».

CHAPITRE II

LA COURSE AU SOLEIL

Le rugby est bien un jeu : témoin ces vignettes de carton à découper, soldats de plomb des temps nouveaux... Mais il n'est pas de plomb, ce robuste soldat du 79e chasseur qui, balle en main, prépare la «revanche».

Le mot «sport» est bien d'origine française. Le *Petit Robert* précise : «Aphérèse de disport, de l'ancien français desport, variété de déport, amusement, substantif verbal de l'ancien "se déporter, s'amuser".» Le mot apparut sous la forme moderne en 1828 dans le *Journal des haras,* et Eugène Chapus créa le journal *Le Sport* en 1853.

Peut-être nos jésuites férus d'«humanités» eussent-ils été moins piqués de reconnaître pour ancêtres aux «jeux de collège» les Grecs ou les Latins, mieux que les tribus civilisées par Britannicus. Et fiers de soutenir que si ces gens d'outre-Manche jouent d'une certaine façon à la balle, c'est parce que vinrent de Gaule des légionnaires romains auxquels leurs camarades revenus de Grèce avaient appris la *pheninde,* par eux transformée en *harpastum* – lequel se jouait, précise le poète Martial, avec une vessie remplie d'air. Il se trouve en tout cas un historien anglais, William Andrews, pour soutenir que les différents types de *football* ont été introduits dans les îles Britanniques par l'occupant romain, à partir du continent.

Il était une fois la soule...

Au sud de la Manche, l'harpastum eut-il quelque chose à voir dans l'invention de la soule; où certains veulent voir l'ancêtre indigène de notre rugby? Les régions où ce violent exercice était pratiqué – Massif central, Bretagne, Normandie – ne sont pas les hauts lieux de l'occupation romaine. Mais on sait que les hommes de César pénétrèrent en Auvergne, ne serait-ce que pour y débusquer les maquisards rassemblés par le chef des Arvernes.

La soule, c'était quoi? La *Grande Encyclopédie du XXe siècle* est sobre, mais éloquente : «Soule, sole ou choule : sorte de ballon servant à

Ces joueurs de soule du XVIe siècle font pour leur part un peu plus que «jouer à la guerre».

un jeu. A la soule, les lutteurs se divisent en deux camps. [...] La boule en cuir bourré de son pèse trois ou quatre kilogrammes.

Les deux parties la lancent du pied, la poussent, la portent en courant, se la disputent et se l'arrachent.»

«Se la disputent...»? Il s'agit d'une litote, si l'on en croit le seigneur de Gouberville décrivant ses propres exploits à la soule, certain soir de Noël 1555 : «La messe dite, maître Robert Poter jeta la pelote [qui] fut débattue jusqu'à environ une heure de soleil et fut menée à Breteville. Cantepye me poussa si fort de son poing en courant contre moi qu'il me fit faillir la parole et à grande difficulté on me put ramener céans. Après quoi [je] fus contraint de prendre le lit.»

Ces différents «jeux» de soule, surtout bretonne ou normande, visaient à porter la «pelote» au-delà d'une ligne ou à la ramener d'un lieu dans l'autre, voire d'un village dans le voisin. Et l'état dans lequel Gouberville est «ramené céans» montre que nul n'était timide sur le choix des moyens, au cœur de la mêlée ou lors des courses à travers champs.

Si douce est la barette que des ravissantes comme celle-ci s'y adonnèrent longtemps, jusque dans les années vingt, quitte à justifier les interprétations sexistes de ce singulier jeu de balle – dussent les règles n'autoriser ici que des contacts furtifs.

... et la barette

Plus directe semble l'ascendance revendiquée, sur le rugby, par la barette. Ici encore, la *Grande Encyclopédie du XXe siècle* est d'un bon usage : «Dans le Centre, jeu de ballon. La balle servant à ce jeu. Terme de sport, synonyme de football. Ballon de forme ovoïde servant à ce jeu et fait d'une vessie de caoutchouc renfermée dans une gaine de cuir.» Nous brûlons : on se croirait presque abonné au *Midi olympique*. Auteur d'une monumentale *Histoire du rugby*, Henri Garcia précise que ce jeu, pratiqué au XIXe siècle dans la région parisienne sur une prairie, consistait bien à porter la «barette» avec les mains au-delà de la ligne du but adverse ou de la faire passer d'un coup de pied au-dessus

Elles ne sont que onze, ces championnes du Fémina Sport de Paris (1928). Mais le ballon est bien ovale, et les carrures propres à faire réfléchir les fiers-à-bras de Tarbes ou de Perpignan qui prétendraient leur donner la «leçon».

d'une corde tendue à trois mètres du sol mais qu'il suffisait, pour arrêter l'adversaire, d'effleurer le porteur de balle en criant «Touché»!

Ainsi le rugby gaulois est-il le fruit des amours incertaines d'un père violent, la soule, affrontement farouche où tous les coups étaient permis, et d'une mère très douce, la barette, qui fort chatouilleuse, ou décente, se contentait d'attouchements signalés et vite contenus. Noces exemplaires, couple modèle auquel aurait pu être attribuée la naissance de ce jovial poupon qu'est le rugby français, si n'était venu, d'au-delà de la Manche un évident géniteur. Disons que le lit était fait : mais le produit porte, en sa finalité, ses démarches, ses manifestations, la marque britannique.

Ceux-ci n'en sont plus à la soule farouche, ni à la miséricordieuse barette : on «pète» dans les règles de Rugby, corps à corps, moustache contre gomina.

Aussi bien l'ébouriffante histoire du rugby dans les Gaules n'étonne-t-elle point par le mystère de ses origines, qui sont bien d'outre-Manche (comme les merguez viennent bien d'outre-Méditerranée, en dépit de la préexistence, chez nous, des saucisses de Toulouse), mais par l'itinéraire de son développement, par la spécificité de ses implantations et en fin de compte, surtout, surtout, par l'extraordinaire étroitesse et stabilité de sa localisation.

Des Anglais au Havre

Que ce combat celte légalisé et anobli dans les îles Britanniques soit devenu en France un jeu essentiellement occitan, excluant chez nous les plus celtes (qui y font merveille outre-Manche) et la plupart des diverses peuplades de langue d'oïl, c'est là un triple paradoxe historique, sociologique, ethnologique qu'il faut bien tenter d'exposer, sinon d'expliquer. Car pour ce qui est de la justification rationnelle, on ne voit guère de sociologue assez perspicace (fut-il le Béarnais Bourdieu) pour nous dire le pourquoi de cette naturalisation du whisky en jurançon plutôt qu'en cidre.

Le jeu à XV en France fut pratiqué d'abord au Havre, dès 1872, un an seulement après le fameux Ecosse-Angleterre. Les premiers compétiteurs sont tous anglais, membres du Havre Athletic Club dont

le maillot – inchangé depuis plus d'un siècle bien que le jeu pratiqué aujourd'hui ne soit plus le rugby, mais l'«association» – allie très significativement le bleu marine et le bleu ciel, les couleurs des universités d'Oxford et de Cambridge. Comme celui de là-bas, notre jeu de voyous fut d'abord pratiqué en France, sur les hauteurs de Sainte-Adresse, par des *gentlemen* d'aussi bon teint que le drap qu'ils proposaient aux Normands.

Le rugby des aristos

Il ne faudra pas attendre plus de cinq ans pour que soit créée à Paris l'équipe des English-Taylors qui daignent bientôt se colleter, dans une clairière du bois de Boulogne, avec quelques Parisiens dont les noms surgissent des pages du *Bottin*

Sur fond de hauts-de-forme et de chapeaux melons, dans une clairière du bois de Boulogne, c'est entre *gentlemen* de Kensington et d'Auteuil que se livre, en 1890 (ci-dessus), l'une des premières escarmouches de ce qui deviendra la guerre de Cent Ans entre la Rose et le Coq. *L'Illustration* commente : «Enfin le résultat est proclamé. Ce sont les élèves du lycée Janson qui l'emportent : la victoire, longtemps disputée est restée aux Français... et tous, vainqueurs et vaincus se séparent bons amis.»

mondain. Mais alors que leurs cousins britanniques se sont jetés sur le *bigside* de Rugby dans une énorme, une furieuse mêlée collective pour bronzer leurs caractères aussi bien que pour durcir leurs muscles, les *clubmen* d'Auteuil consacrent d'emblée tout leur génie à l'esquive et à la virevolte, comme pour éviter les horions si mal reçus et vécus par le sire de Gouberville.

L'évolution du rugby français ne s'opéra pas toujours dans ce sens, et avant même que fussent invités sur les pelouses méridionales les bûcherons basques et les charretiers du Tarn-et-Garonne, les équipes françaises avaient appris à faire front, quitte à plier ensuite. Mais il ne faudra pas oublier que, dès l'origine, et de part et d'autre de la Manche, se manifestent deux sens donnés à ce sport par les distingués pères fondateurs, qui prennent pour modèle, là le bélier, ici la gazelle : avant les croisements opérés au cours du siècle.

L'apparition du jeu à Paris donne lieu à de très savoureux reportages dans *L'Illustration*.

Le ballon a d'ores et déjà trouvé sa forme. Les culottes, encore longues, prendront peu à peu leur dimension.

Le rugby à la Belle Epoque

En 1906, au parc de Saint Cloud – le bois de Boulogne est trop mondain, le stade de Colombes pas encore aménagé – c'est une fois encore le Racing (en maillot rayé) qui tente de réaffirmer une suprématie que lui conteste le Stade bordelais. Quels galopeurs, ces joueurs français, dont les attitudes et le style tranchent si fort sur ceux de leurs maîtres britanniques, souvent le nez dans la boue... Pourtant, la grande fresque de Guyonnet (page suivante) qui orne l'entrée du lycée Lakanal à Sceaux depuis le temps des jeunes filles en fleurs et de Paul Déroulède (que certains croient reconnaître sur le bord de la touche, à gauche des deux spectatrices, à moins qu'il ne s'agisse de Frédéric Mistral...), met superbement l'accent sur un affrontement sans merci à la sortie de la mêlée, sous le regard vigilant de Frantz Reichel (à gauche de l'arbitre), maillot sombre, barbe pointue, course hardie.

Le 8 mars 1890, cet hebdomadaire prestigieux publie un dessin où l'on voit s'affronter sur un pré du bois de Boulogne quelques adolescents en casquette sous l'œil de messieurs en hauts-de-forme. Deux ans plus tard, *L'Illustration* a dépêché un judicieux reporter nommé Edmond Renoir pour rendre compte, le 23 avril 1892, d'un nouvel affrontement franco-britannique. Cette fois, nous avons droit à une relation circonstanciée, où sont enfin dévoilées les règles du jeu : «Le foot-ball ? Oh ! rien de plus simple, et de plus aisé, en paroles. Il s'agit de porter ou d'envoyer un ballon dans le camp adverse, en évitant qu'il soit déposé de votre côté.»

Le chapitre parisien de cette histoire ovale relève de Proust ou de Giraudoux plutôt que de Céline. Le rugbyman parisien répugne à «mettre la tête dans l'herbe», *a fortiori* dans la boue.

La barette reste le modèle inavoué de ces *clubmen* et de ces collégiens qui s'appellent Guy de Pourtalès, Thierry de Martel et Petit de Julleville, lequel finira cardinal-archevêque de Rouen.

A la fin du siècle, les deux grandes équipes parisiennes (ci-dessus, en 1911) ont déjà adopté leurs maillots et leurs couleurs : raies bleu ciel et blanches du Racing, rouges et bleu sombre du Stade français.

C'est alors la mode pour les avants, comme ici, du «protège-oreilles» qui est censé jouer le rôle du casque des guerriers. Observons que les deux «packs» opposés pour une touche semblent encore vissés au sol. Ils n'ont pas encore pris leur envol, comme le feront leurs héritiers Colin Meads ou John Dooley.

Premiers clubs, premier championnat

Trois équipes s'affirment très vite, nées de la fission de l'éphémère Paris Football-Club (1879) : le Racing Club de France (1882), le Stade français (1883) et l'Olympique (1888). C'est entre elles que se disputera, jusqu'à la fin du siècle, la suprématie. En 1892, le premier championnat de France n'oppose que deux compétiteurs, le Racing et le Stade français, lors d'un match arbitré, à Bagatelle, par Pierre de Coubertin, le premier l'emportant par 4 à 3. Puis le Stade prit sa revanche, battant tour à tour le Racing et l'Olympique.

Les joueurs qui s'imposent d'abord – la prouesse, l'exploit, la percée sont mieux prisés que la fermeté et la constance – sont Saint-Chaffray et Henri Amand, fameux sprinter, Allan Muhr, Louis Dedet, Emile Lesieur qui mourra centenaire, et surtout Frantz Reichel, superbe gaillard moustachu qui fit beaucoup pour attirer les dames autour de la pelouse du Pré-Catelan.

D'autant que bon nombre de lycées et de collèges en devenaient des foyers : c'est d'abord le lycée Condorcet, puis Lakanal, puis l'école Alsacienne, le lycée Michelet, l'école

Couverture du livre de Jacques Dedet, l'un des premiers internationaux français : dès la fin du siècle le «football-rugby» a codifié ses gestes et fixé son style.

Monge (actuel lycée Carnot) qui forment des équipes. Jean-Pierre Bodis, savant historien du rugby, relève qu'en France, à la différence de la Grande-Bretagne, les pédagogues n'encouragent guère cette tendance – sinon l'Anglais Heywood, professeur au lycée Buffon, et le père Didon professeur à l'école Albert-le-Grand, où se forme le plus grand joueur français de l'époque, Marcel Communeau, capitaine de la première équipe qui ait soutenu la comparaison avec des Britanniques, en 1912.

Littérature et mousquetade

Au lycée Lakanal se constitue une fameuse phalange qui saura faire mentir Barrès, pour qui le sport ne fait «que des ignares, des

Frantz Reichel, première figure emblématique du rugby français, hésite-t-il encore sur les formes du jeu? Son geste semble emprunté au football américain plus qu'à notre jeu à XV. Mais, en consacrant au rugby des dons qui le mettaient en tous domaines au premier rang, cet athlète hors du commun, l'œil impérieux et la barbe conquérante, fera plus que quiconque au temps des fiacres pour implanter au sud de la Manche le jeu inventé dans le Warwickshire.

cardiaques, des brutes ou des éclopés». C'est sur les bases de l'équipe de ce lycée, en effet, qu'est formé le Club sportif de la jeunesse littéraire (C.S.J.L.) où se retrouvent Jean Giraudoux, Pierre Mac Orlan, Gaston Gallimard, Jacques Rivière et Henri Alain-Fournier – qui signait les convocations de ses camarades à l'entraînement «Augustin Meaulnes et Frantz de Galais». Giraudoux, Pourtalès, Saint-Chaffray : la première période parisienne du rugby français est marquée du signe de l'aristocratisme, dans le recrutement comme dans le style. Pierre de Coubertin affirme que sa vocation consiste à «rebronzer une jeunesse veule et confinée». Mais sur les pelouses du bois de Boulogne, feintes, courses, esquives, démarrages relèvent d'une éthique et d'une esthétique élitiste et mousquetaire, celle des cavaliers et des tournois. Le recrutement des fantassins se fera au sud de la Loire.

En attendant, les équipes parisiennes invitent leurs maîtres anglais à venir leur donner la leçon : notamment celle qu'inflige au Stade français le grand quinze londonien de Rosslyn Park en 1892. La presse britannique veut bien reconnaître au jeu des Français «de la beauté», bien qu'il se développe «plutôt en travers». C'est ce qu'on appelle «manger de l'herbe» : nos galopeurs des lignes arrière n'ont pas fini d'entendre ce refrain, quitte à donner quelques idées aux mentors d'outre-Manche désormais plus attentifs au rôle des trois-quarts : si bien que, lors des jeux Olympiques de 1900, une équipe française parvient à gagner un tournoi

Marcel Communeau (à gauche), qui conduisit à la victoire la première équipe française victorieuse d'un *team* britannique (en 1911), fut le premier avant français à mettre l'accent sur le «contact» et donc le précurseur de Jean Galia et de Lucien Mias.

Hong-Kong et Westminster : ce n'est plus le nom d'un collège, c'est celui d'une banque londonnienne : le rugby, dès l'aube du XXe siècle, entre dans un cycle qui promet...

auquel participent non seulement une équipe allemande de Francfort, mais ceux que Bodis traite, sans illusions, de «noceurs de Birmingham».

Jadis, le ballon était ainsi tenu, pour les transformations, par l'un des équipiers du butteur : beau geste oublié. On utilise aujourd'hui une piteuse rondelle qui sert de coquetier à la balle.

La marche au midi

Un an plus tôt, le 23 avril 1899, s'était déroulé à Bordeaux un événement significatif. Sur la pelouse du stade Sainte-Germaine longé par la route qui mène au château Margaux (entre autres...), le Stade bordelais (S.B.U.C.) devenait champion de France en battant le Stade français, tenant du titre, par 5 à 3. Trente ans plus tard, nos Bordelais de pères parlaient encore, des larmes dans la voix, des exploits accomplis ce jour-là par Giaccardy, Cartwright et Saint-Bonnet. Bien que rossés l'année suivante par le Racing à Levallois (37 à 3...), les stadistes bordelais avaient ouvert une brèche et préfiguré une longue domination méridionale, une naturalisation du rugby français, son enracinement hégémonique en Occitanie.

Ainsi, à partir de 1904, hormis quelques sursauts parisiens, la suprématie des équipes de Bordeaux (jusqu'en 1911), puis de Toulouse, puis de Bayonne et de Perpignan, va s'affirmer, reprenant après la guerre sa «marche au soleil» qui ne se démentira pas, de Pau à Béziers, d'Agen à Narbonne, de Tarbes à Toulon et jusqu'à Nice, faisant du domaine du rugby français un empire sur lequel le soleil ne se couche que les soirs de défaite.

Un Ecossais à Bordeaux, un Gallois à Bayonne

Avant de décrire, faute de pouvoir l'expliquer clairement, cette méridionalisation irrésistible du jeu inventé ou codifié sous la pluie du Warwickshire, il faut s'arrêter un instant au cas de Bordeaux, lié à un phénomène économique (et culturel...), le «claret» du Médoc, et à un personnage, le Dr Tissé, «médecin républicain» qui se fait à partir de 1889 l'avocat du sport à l'école, et lui donne une signification pédagogique, à l'anglaise. Il prône d'abord le développement de la barette, jusqu'alors plus auvergnate, on l'a vu, que méridionale. Et c'est un homme d'affaires écossais installé à Bordeaux, J.-J. Shearer qui, quelques années plus tard, détournera vers le rugby les énergies engagées dans la barette par le Dr Tissé.

Shearer n'était pas négociant en vins. Mais ses émules dans la diffusion du rugby vers le Sud seront presque tous des acheteurs de claret, ce bordeaux si goûté dans les îles Britanniques depuis le Prince noir que sa fortune est liée aux importations anglaises et que ses tarifs furent longtemps fixés par le marché londonien. Le rugby méridional n'est pas sorti tout entier des caves de Gironde. Mais il a, au moins avant la Première Guerre mondiale, un fort goût de bouchon. Sans les commandes passées par la *gentry* britannique, la moitié des joueurs qui

Houppelande et melon et, pour madame, capeline et chapeau à fleurs : le jeu à XV, en cette fin de siècle victorien (ci-dessous, en 1892), ne s'est décidément pas encore prolétarisé. Déjà sont édifiées des tribunes, pour abriter les «jeunes filles en fleurs» et les amis de Swann plutôt que ceux de Bardamu.

Et voici enfin les bérets basques! Elissalde, Baujon, Fernand Forgues : le grand Bayonne de la veille de la Grande Guerre, moustaches de chats, dents de loup, et des mains qu'on ne fourre pas dans ses poches.

formèrent l'ossature du Stade bordelais n'auraient jamais vécu en Aquitaine – bien qu'une partie d'entre eux ait choisi le Sud-Ouest, non pour la saveur ou l'arôme de son vin, mais pour la douceur de son ciel, le «bet ceu de Paou».

Souffraient-ils vraiment du poumon, Tom Potter et Jim Crockwell, quand ils vinrent s'installer à Pau vers 1888 ? Le fait est que c'est alors que s'y forme l'une des toutes premières équipes du Midi avec celle de Bordeaux, tandis qu'à Bayonne se constitue, sur la rive de l'Adour, un club d'abord voué à l'aviron, auquel le Gallois Owen Roe inoculera le virus du rugby, épaulé par un transfuge de Pau, Fernand Forgues – ce Gallois et ce Béarnais inventant le fameux rugby basque qui triomphera à la veille de la guerre.

Affaire de race ?

Aucune des réponses que l'on tente de donner à la foudroyante (et surtout permanente) méridionalisation du rugby français n'est décisive. Certains ont naturellement tenté de trouver une réponse de caractère ethnique, prétendant qu'il fallait voir la cause de l'excellence du rugby basque ou catalan dans les vertus de la «race» – ici et là, montagnards aux jarrets musclés, aux pieds agiles, et avides d'affirmer leur personnalité nationale, ou au moins régionale ? Argument vain. Comment expliquer alors le génie que déploient sur ce terrain les paisibles Landais cantonnés sur des terres plates et basses, les Héraultais semblablement voués aux côteaux modérés, les Agenais coincés dans leur Lot-et-Garonne entre pruniers et rangs de vigne ?

Et comment, comment surtout expliquer alors, s'il s'agit de «races», ou plus modestement d'ethnies, que les Celtes du nord de la Manche, Irlandais et Gallois, éclaboussent les champs de jeu de leur génie combatif et inventif, balle en main, quand ceux du continent se tiennent à l'écart de ce jeu où brillent leurs cousins d'au-delà de la Cornouaille ? On imagine ce qu'auraient pu apporter au rugby français les robustes forgerons d'Hennebont, calés en mêlée face aux types analogues de Cardiff.

Eh bien! non. Aussi étrange que la carence, depuis près d'un demi-siècle, des Allemands qui eussent pu dominer ce sport comme bien

Qui ne les a rencontrés, ces deux-là, entre Garonne et Adour, le courtaud capitaine bordelais Bruneau (à droite, en 1911) et son copain de Béziers Jules Cadenat, le colosse, si massif qu'il en arrive à cacher l'arbre, sinon toute la forêt landaise.

Maillots rouges de Dax, maillots à damiers de Bègles : le Midi donne le ton, voire les tons, qui chantent comme une troisième mi-temps arrosée à l'armagnac.

LE RUGBY EN LORRAINE

Le Rugby qui, jusqu'ici, était un sport à peu près inconnu dans l'Est de la France, est en train de faire son chemin en Lorraine, comme aussi en Alsace.

Les armées françaises, lorsqu'elles sont entrées en Lorraine désannexée, ont amené avec elles le goût du Rugby, et depuis octobre dernier nous assistons en Moselle, à une éclosion rapide d'équipes de Rugby,

Le rugby français ne pouvait se cantonner aux terres à vigne, à pins et à oliviers : il essaime longtemps par-delà le Massif central, parfois même les Vosges et la Marne (ci-contre, en Lorraine). Mais c'est tout de même entre golfe de Gascogne et Languedoc que se fonde son empire des Gaules – dont la capitale est Toulouse, où règne la «Vierge rouge», dite «Zézette», patronne du Stade de Struxiano et Jauréguy.

d'autres (en 1938, une équipe d'outre-Rhin battit pourtant les tricolores à Francfort), celle des Celtes de la Gaule confère au rugby français une étrange boiterie. C'est de la prosaïque Garonne, de nos pins bien ordonnés, de nos rangs de vigne sages que surgissent les Boniface et Bergougnan, Dubroca, Sella et Sylvain Bès...

Une étrange géographie

Un siècle après qu'a été créée, en 1843, l'équipe du lycée de Brest, peu avant l'apparition de celle de l'Union des francs-joueurs du lycée de Rouen, où étaient le rugby breton, le rugby normand, au pays des furieux champions de la soule ? Et les Alsaciens, les Lorrains, les Champenois ? La carte du rugby français est facile à dessiner : il suffit de tirer un trait de La Rochelle à Bourg-en-Bresse – en passant par Clermont-Ferrand. Hormis l'enclave parisienne, les espaces situés au nord de cette frontière sont souvent en friche.

Sur cette carte figurent toutes les villes (ou villages) dont l'équipe a joué au moins une fois la finale du championnat de France de rugby, du premier, en 1892 (les deux équipes étaient alors parisiennes) à celui de 1992 (Toulon et Biarritz).

En jachère, plutôt : car il n'est pas nécessaire d'être médiéviste pour évoquer une autre carte du rugby gaulois, un temps où Nantes, Lyon, Poitiers, Le Creusot, Niort avaient de bonnes équipes. Voici quarante ans, d'excellents joueurs venaient de ces terres de missions, comme le grand arrière Michel Vannier, originaire de Verdun. Alors, l'équipe de France était recrutée dans les clubs d'une vingtaine de départements. Aujourd'hui, d'une dizaine : il est difficile de trouver dans le quinze tricolore un joueur originaire d'ailleurs que des Pyrénées, de l'Aquitaine, de Rhône-Alpes, de la Provence ou du Languedoc-

Roussillon. Concentration qui ne trouve pas même d'explication dans la convivialité inhérente aux petites communautés urbaines méridionales : quelle agglomération est mieux soudée, fraternelle et festive que celle d'un pays de kermesse ?

Le rugby au petit écran

Le plus étrange, en tout cela, est que la télévision, avec tout son pouvoir d'envoûtement, qui s'applique avec un éclat particulier au rugby, sport «télégénique» par excellence, n'ait entraîné aucun effet diffuseur, ou reproducteur. On sait pourtant que ces compétitions ont trouvé, dès l'origine (les années soixante), une équipe de «médiateurs» incomparables : le bouillant Roger Couderc, dont la verve gasconne faisait vibrer l'écran comme un coup de tramontane, et l'intelligent, savant, ironique Pierre Albaladejo, grand joueur mué en grand commentateur. On ne pouvait associer mieux le torrent et la digue, la fougue et la lucidité.

Finale du championnat de 1914 : à gauche, le capitaine de Perpignan, Barbe – le vainqueur. A droite, le capitaine tarbais Duffour. Tandis que sur la rive de la Garonne (ci-dessous), les Toulousains préparent leur revanche.

Si bien que les retransmissions de matchs de jeu à XV obtinrent un succès considérable; que les samedis de janvier et de février, des millions de citoyens, à Quimper aussi bien qu'à Carpentras, se collèrent, passionnés, devant leur écran. Il se trouve en outre que, des années soixante aux années quatre-vingt-dix, les équipes françaises firent bonne figure, gagnant plusieurs fois le Tournoi des Cinq Nations, et parvenant, en 1987 et en 1999, en finale de la Coupe du Monde – circonstances qui contribuaient évidemment à aviver l'intérêt populaire. Mais l'effet de cet engouement sur la diffusion de la pratique du jeu reste faible.

On parlerait plutôt, à propos de la carte du rugby français, de peau de chagrin. Est-ce la rudesse du jeu qui retient les jeunes gens d'aujourd'hui, prêts à risquer leur vie sur le ciment d'une autoroute plutôt qu'une ecchymose sur un pré girondin? Le fait est que le rugby français reste, un siècle après son introduction en France, une affaire de Méridionaux : tandis que les grands clubs du Sud, à l'instar de Toulouse, sont entrés dans l'ère du professionnalisme, l'amateurisme reste encore de règle dans le Nord.

Trente ans plus tard, en 1942, la Fédération française, créée en 1920, propose cette image d'un rugby de fête (par Joë Bridge).

Au café de Lézignan-Corbières (ci-dessus), on fête au rouge la victoire sur les «terribles voisings», de Quillan ou de Castelnaudary.

Pour nous, Méridionaux...

Pour nous, Méridionaux, le rugby n'est pas seulement un ensemble de règles et de «coups». C'est aussi un opéra de gestes (et de mots), un certain art de vivre, une certaine courbe et couleur de paysage, un certain goût de l'un peu trop, plutôt gascon («ils étaient bien trois mille à m'attendre dans les vestiaires...»), goût de la mousquetade pas mortelle et de la garbure épaisse, goût de cèpes, de confits d'oie et de palombes un soir d'après-match du côté de Tyrosse. Couleur de feuilles aux tons de cuir, odeurs de maillots humides, de cuir et d'herbe qui s'obstine à vivre, un peu roussie sous les crampons et le soleil grâce à notre pluie bien gauloise. Senteurs de pins et saveur de vendanges à la mi-octobre, quand les matches commencent à se durcir. Le rugby, c'est notre pays comme c'est, joueurs ou voyous, notre jeunesse. C'est aussi un combat. Nous détestons la guerre par là-bas; ce qui est banal. Détestons-nous aussi la violence? Il y a les jeux taurins, tout de même, et ce combat des trente où l'on voit conduire sur la touche, trois ou quatre fois par match, un grand garçon à l'épaule luxée, à l'arcade sourcilière fendue, à la main griffée par un crampon. Gens de Gascogne et du

Languedoc, fils de Montaigne et de Jean Jaurès, nous préférons l'accommodement à la violence. Mais elle existe, là-dedans, au tréfonds. Le moyen de la réfréner, sinon de la réprimer ? En la jouant, en la mimant, en la canalisant dans la fête, sans trop mentir. Il faut bien qu'un coup porte, un peu, pour qu'on y croie. Il vaut mieux que se choquent les épaules pour que s'apaise ce grand feu intérieur qui brûle et jeta, des siècles durant, gens des châtaignes sur gens des pins, hommes des hauts sur femmes d'en bas.

A la foire de Bayonne en 1934, le calicot prend volontiers la forme d'un ballon ovale; mais l'empoignade entre Lourdes et les étudiants parisiens du PUC (ci-dessous), en 1958, ressemble peu à une fête.

Violence mimée, violence vécue ?

Violence mimée, seulement ? Non.

Violence vécue aussi, assumée sous le nom abusif de «virilité», revendiquée parce que, dit-on, «seule la victoire est jolie», et que la «castagne» peut y contribuer, conseillée, exigée parfois par tel ou tel entraîneur. On a entendu le *coach* d'une équipe de juniors gueuler dans les vestiaires, au moment de la «mise en condition» cette provocation homicide : «Le n° 13 de chez eux, mes petits, le «tréèze», le rouquing, c'est une pesteu ! Je ne veux pas le voir en seconde mi-temps !» (dit à des garçons de quinze ans...). Et il y a cette lettre adressée par une grand-mère de soixante-treize ans à Roger Couderc à la veille d'un match France-Angleterre : «Je viens de voir Angleterre-Pays de Galles à la télévision. J'ai bien regardé Sharp, le demi d'ouverture anglais. Il est très dangereux. Connaissant votre amour de l'équipe de France, je vous demande d'avertir notre Albaladejo qu'il se méfie bien de Sharp. Le mieux serait d'ailleurs qu'il lui colle d'entrée une bonne cravate !» (coup d'arrêt

Extrait de *Football-rugby* de Jacques Dedet, la formation d'une mêlée. En tête, le talonneur entre ses deux piliers, poussé par les deuxièmes lignes et la triplette des troisièmes lignes. L'effort collectif est manifesté (ci-dessous), lors d'un entraînement «au joug».

Pla.

à la hauteur de la gorge, il y a des carotides qui n'y résistent pas...).

Bref, les rives aimables de l'Adour, de l'Hérault et du Tarn ont été le théâtre d'assez farouches empoignades, comme du temps de Trencavel, ou bien du roi Henri. Après les mousquetaires et les maréchaux d'Empire, le Gers, la Bigorre et les Corbières ont donné au rugby pas mal de pirates au nez cassé, aux oreilles en chou-fleur (dont certaines furent, dit-on, croquées au plus profond des mêlées). Comment oublier ce premier match vu à dix ans au parc des Sports de Bordeaux, où face aux costauds de Bègles les joueurs d'Agen, alors champions de France, portaient un petit brassard noir ? Pourquoi ? Parce que, quelques jours plus tôt, leur jeune camarade Michel Pradié, trois-quarts-aile de dix-sept ans, ne s'était pas relevé d'un placage (de ceux que l'on dit «saignants»...) appliqué par le Palois Taillantou...

Comme la poussée en mêlée, le placage, atout maître du défenseur, s'enseigne dans les écoles, appliqué à un mannequin. Plus difficile à faire avec Jean Dauger ou Jo Maso !

Quant à cette image extraite du livre de Dedet, elle montre un joueur qui, plaqué mais non tenu, et le ballon n'ayant pas touché terre, peut reprendre sa course.

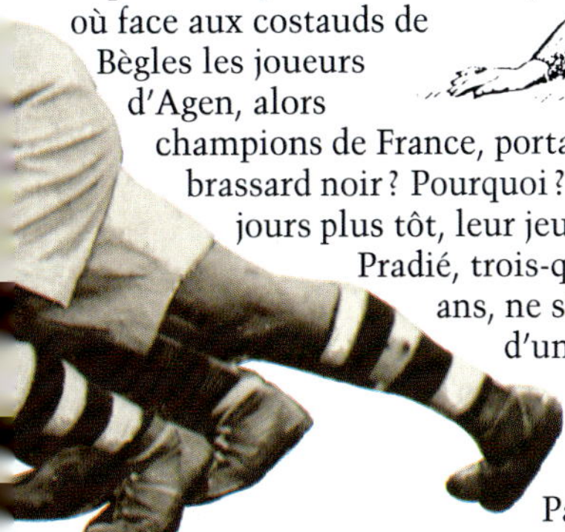

ASTRA

Les peintres cubistes ont aimé et volontiers représenté le rugby, fascinés par sa modernité, la vigueur simple des formes et des gestes, l'inscription du mouvement dans un cadre strict. Comme le Bordelais André Lhote, Robert Delaunay (à gauche) a fait du ballon ovale, en 1913, le point focal d'une composition (intitulée «l'équipe de Cardiff») où techniques, publicité, architecture, formes et couleurs concourent à afficher le XXe siècle dans sa diversité musclée. De son côté, le peintre allemand Max Beckmann (ci-contre) a voulu saluer, en 1929, une dynamique de la chair et de l'acier où le génie germanique eût pu trouver tant de sources d'inspiration, les exprimant sur la toile mieux que sur le terrain.

1920
SCOTLAND.
Rugby.
1920
IRELAND
Rugby.
1920
WALES.
Rugby.
1920
ENGLAND.
Rugby.
NZ
1906
N. ZEALAND
Rugby.
IRELAND VERSUS WALES.
1907
S. AFRICA.
Rugby.
FRANCE
Rugby.
AUSTRALIA.
Rugby

Quel échappé d'asile aurait osé prédire, voici un siècle, que les capitales mondiales du rugby seraient situées en 1993 au sud de l'Afrique et dans l'île des Maoris, sur le rio de la Plata et le bas-Danube, au cœur du Languedoc et du côté de la mer de Corail ? L'histoire du déploiement du rugby est, à travers le monde, un paradoxe permanent, un zigzag abracadabrant, plus improbable que les rebonds d'un ballon ovoïde.

CHAPITRE III
LA PLANÈTE OVALE

Tout abracadabrante qu'elle soit, l'histoire du déploiement du rugby à partir de la rose anglaise et du chardon écossais (page de gauche), qui ornaient déjà les *caps* des premiers grands du jeu à quinze au début du siècle, n'a guère fait de place à ce match qui, en 1879, à Khelat-i-Gilsai, au cœur de l'Asie, opposa les joueurs du 59e régiment de Sa Majesté, sous l'œil de notables afghans à peine étonnés.

Imaginons les messieurs de Rugby, groupés vers 1840 autour de Thomas Arnold afin d'envisager les perspectives de développement du rituel issu de leur collège. Qui souhaitons-nous évangéliser? Vers où s'étendra cette planète ovale dont le lieu saint est le *bigside*?

Le pronostic est clair. Seront conquises par le rugby les terres anglophones, à commencer par le Canada et les Etats-Unis, mais pas la France, surtout pas la France méridionale, anarchique, brouillonne, papiste et alcoolique : comment les *frogs* respecteraient-ils des règles élaborées par nous, *gentlemen* victoriens? L'Allemagne sera la première de cette classe sportive, les grandes universités de la Hanse étant les meilleurs foyers de transmission du virus, avec les nations traditionnellement anglophiles comme les Pays-Bas et, tout latin qu'il soit, le Portugal. Au-delà? Laissons leur pétanque aux Français, les taureaux aux Espagnols et le vélocipède aux Italiens...

Tout faux, nobles lords. Tout faux. Votre jeu de voyous a bien gagné les colonies, mais surtout les plus lointaines. Pas Ottawa, mais Wellington. Pas Boston, mais Capetown. Et si les Hollandais se sont ralliés à la religion nouvelle, ce ne sont pas les drapiers de Haarlem, mais ces fous de Boers, le peuple alors le plus anglophobe du monde, qui envoie ses fils à l'université de Stellenboch afin de faire vivre, contre l'anglais, l'afrikaans et de faire du ballon ovoïde l'arme de la grande revanche contre l'anglais.

"Kick the goal, New Zealand*: sur l'écusson des Kiwis du début du siècle parait un jeune homme de couleur, une fougère plantée dans les cheveux... mais au sein de l'équipe accueillie en 1888 dans les îles Britanniques sous le nom de *New Zealand native football team* (ci-dessus) on constate que la plupart des joueurs, s'ils sont originaires de l'île, n'ont rien de maori et que – surprise! – ce sont les dirigeants coiffés de beaux chapeaux melons qui sont des hommes de couleur...

Des Kiwis aux All Blacks

C'est d'abord la Nouvelle-Zélande qui, voici un siècle, a pris non le voile ni la soutane, mais le maillot noir des All Blacks comme les fidèles des religions nouvelles s'enveloppent de bure et portent le poil au menton. Banal? La conversion de ceux qu'on appelle d'abord les Kiwis, du nom d'un oiseau étrange, sans ailes, dont survivent là-bas quelques

spécimens, tient son caractère miraculeux de la simultanéité des deux adhésions, celle des colons britanniques et celle du peuple maori – aussi réceptif au jeu à XV que rétif à la colonisation. Le rugby néo-zélandais qui est, *grosso modo* et sur la longue durée, le meilleur du monde, a ceci d'original qu'il n'est pas issu de l'univers des collèges et des classes dirigeantes, comme en Angleterre, en Ecosse, à Buenos Aires ou à Paris. C'est un jeu de paysans-colons vite adopté par les colonisés au teint de châtaigne, et sans que jamais, semble-t-il, cette prise en charge ait donné lieu à des conflits raciaux.

Le «haka» des Maoris

Singulière histoire. Car les Maoris ne sont pas précisément un peuple d'esclaves abrutis et courbés. L'évêque anglican d'Aotera devait écrire que le rugby a

A l'occasion de son centenaire, en 1992, la fédération néo-zélandaise a fait redessiner la fougère emblématique – qui, sur les maillots noirs, paraît plus effilée et plus argentée.

Their War Cry before starting Play.

Avant chacun de leurs matchs, les All Blacks exécutent le «haka», cri de guerre et danse rituelle des Maoris. Discrètement folklorique à la fin du XIXe siècle tel que le croque W. B. Wollen (en haut à gauche), il prend un style plus ludique dans les années trente (en bas) puis franchement guerrier (ci-contre). Mais ce rituel d'allure farouche ne saurait définir le style de jeu des Blacks qui, dans sa rudesse terrienne, reflète l'esprit pacifique et loyal du peuple des antipodes.

«sublimé les passions guerrières du peuple maori». D'où le «haka», ce cri de guerre que poussent avant leurs matchs les All Blacks, blancs ou de couleur, représentants d'une des nations les plus paisibles du monde.

Les progrès du jeu à XV, auquel commencent à s'adonner vers 1860 (comme par hasard, au moment où s'apaisent des guerres maories...) quelques colons et marins du petit port de Nelson, au nord de l'île méridionale, ont quelque chose de foudroyant. Le premier match joué en conformité avec le Code de Rugby se déroule en 1872 à Wanganui : un Maori y participe. Neuf ans plus tard, le Te Aute College forme une équipe de garçons de couleur, qui est invitée dans les îles Britanniques. La New-Zealand Rugby-Football Union est créée en 1892 (avant même que l'entité politique néo-zélandaise soit reconnue).

Dès le début du XXe siècle, en 1905, l'équipe interethnique des Kiwis débarque à Londres et, d'emblée, sous le commandement de David Gallaher, stupéfie ses hôtes : la sélection du Devonshire, meilleur comté d'Angleterre, est écrasée par 55 à 4 !

«Une soudaine explosion de joie après avoir marqué le premier but», dit la légende : dessin de Wollen à l'occasion du premier match des Néo-Zélandais en Angleterre... Quatre-vingts ans plus tard, il ne faudra pas moins de cinq Anglais (ci-dessous) pour tenter d'enrayer le rush de Ian Kirkpatrick, dit le «coq de bruyère».

L'engouement pour ceux qu'on baptise vite les All Blacks, les «tout-noirs», du fait de leur maillot nocturne orné d'une simple fougère d'argent, est intense : on comptera plus de quarante mille spectateurs à Cardiff, ce qui ne s'était jamais vu. Et ce, en dépit du fait que les Européens sont constamment surclassés par les «coloniaux».

Contre les «grands coquelicots»

Dès lors, les Kiwis, devenus All Blacks, font figure de terreur des stades : après l'équipe de Gallaher en 1905, celle de Porter en 1924 (les «Invincibles», trente matchs, trente victoires...) puis celles de Whineray, de Lochore, de Kirkpatrick ou de Graham Mourie, avant le quinze de David Kirk, victorieux de la première Coupe

Successeur du fameux Dave Gallaher à la tête des All Blacks, en 1907, Donald Wright est le sujet central d'une vignette (ci-dessus) où, sur fond agreste dominé par un clocher, lui est opposé un minuscule têtard blanc... Plus impressionnante (et méritoire) paraît la charge du vieux guerrier R. A. Jarden qui, lors de la tournée des All Blacks de 1953 en Europe, échappe au placage pourtant bien appuyé de son adversaire anglais W. P. C. Davies.

du Monde à Auckland en 1987, ont dominé le rugby mondial avec une autorité implacable. Tous ceux qui voient jouer les All Blacks depuis un siècle, au moins depuis leur «tournée» de 1905 en Europe, sont frappés par trois choses : un sens incomparable de la collectivité, un tonus physique sans faille, une parfaite maîtrise psychique.

Pour l'expliquer, le journaliste néo-zélandais Ian Borthwick met l'accent sur des traits de mentalité plutôt que sur des données proprement matérielles. Celles-ci, bien sûr, comptent : vie rude et frugale, alimentation lactée, modestie des agglomérations qui favorisent la sociabilité athlétique. Mais Borthwick tient aussi pour un atout maître des Kiwis une modestie fondamentale qui incite à la solidarité, à l'esprit collectif. En Nouvelle-Zélande, soutient-il, on n'aime pas trop «les têtes qui dépassent», les «grands coquelicots». Le rugby en manteau noir

Que de joueurs français – de Michel Crauste à Jean Gachassin et Christian Darrouy – pour tenter de barrer la route au formidable Colin Meads, légendaire deuxième-ligne, le 8 février 1964 – lors d'un des plus beaux combats qu'aient jamais livrés les tricolores (ici emmaillotés de blanc) aux maîtres néo-zélandais commandés par le grand pilier Wilson Whineray.

a produit autant de cracks et de stars que celui des corsaires de la Liffey ou des mousquetaires de la Garonne : après Gallaher et Nepia, fameux arrière maori, Colin Meads, le plus grand deuxième-ligne de l'histoire, fut à sa manière un «grand coquelicot» comme Ian Kirkpatrick, rayonnant troisième-ligne-aile. Aujourd'hui, après la retraite de Blanco et de Campese, la dernière étoile reste l'ailier des Tout Noirs, Jonah Lomu, talonné par l'«ouvreur» australien Stephen Larkham, qui domina la finale de la Coupe du Monde de 1999. Le rugby a horreur des monstres sacrés. Mais tant que les monstres sacrés n'auront pas horreur du rugby...

Le Maori George Nepia (ici à l'entraînement, sans le maillot noir sacré de son équipe) fut, dans les années vingt, au temps de Jauréguy et de Crabos, le premier arrière de l'histoire du XV à oser assumer le rôle d'attaquant. Sa vélocité et ses crochets firent de lui, avec un demi-siècle d'avance, le précurseur de Villepreux, d'Irvine, de Blanco et de Campese.

Un étrange rugby australien

Dominateur en Nouvelle-Zélande, le rugby est, en Australie, un nain. Quel pays l'emporte en un art qu'il dédaigne? Imaginez une Allemagne qui ferait peu de cas de la symphonie, une Italie méprisant le *bel canto*, une France dégoûtée de la table. Eh bien! c'est le cas de l'Australie et de son quinze victorieux de la Coupe du Monde, à Twickenham en novembre 1991 et à Cardiff en 1999.

Non que le jeu à XV n'y ait fait sa percée en même temps que sur les autres terres anglophones, vers 1860, avant d'être pris en main par J.-J. Calvert, un grand manager sorti d'Oxford. Mais il se trouve qu'un Australien à qui le visiteur parle de *footie* n'entend pas d'abord qu'il est question du jeu inventé dans le Warwickshire, mais plutôt

du jeu professionnel à treize, qui, depuis 1930, rassemble non seulement le plus grand nombre de joueurs, mais remue des sommes considérables et monopolise les médias. Il ne s'agit pas des treize? Vous vous intéresseriez donc au sport dit *Australian Rules*, mélange baroque de rugby et de basket-ball…

Mais quid du jeu à XV? Le retour au pays d'une équipe comme celle qui a remporté la Coupe du Monde en 1991, avec d'aussi fabuleux joueurs que Nick Farr-Jones, Michaël Lynagh et surtout David Campese, elfe puncheur et inspiré, recordman du monde du nombre d'essais marqués en match international, aurait mobilisé les foules à Londres, à Paris ou à Auckland. A Sydney, l'accueil fait à ces marginaux de luxe n'a été qu'amical.

Petit public pour une grande équipe

«En fait, jusqu'à la dernière Coupe du Monde, le jeu amateur intéressait peu les foules de Sydney

ou de Melbourne et n'avait guère pénétré dans le *bush* intérieur. Ni populaire, ni rural, il lui fallait se contenter du goût que lui portaient les bourgeoisies aisées de Canberra ou de Brisbane. Faible base sociologique, moyens médiocres, infime couverture de presse : la situation était celle du hand-ball ou de la gymnastique en France.

Le jeu à XIII (en bas à gauche) n'a pas réussi à attirer Nick Farr-Jones (ci-contre), capitaine de l'équipe australienne, peut-être le meilleur joueur de sa génération.

L'équipe «jaune-et-vert» de l'île-continent valait surtout par une vitesse un peu brouillonne, ses qualités athlétiques, son aptitude au galop, au saut, un souffle inépuisable. Mais quoi de comparable avec les All Blacks voisins, ou avec les Springboks d'Afrique? Aujourd'hui les Wallabies sont devenus des maîtres. Comparés à leurs rivaux – l'imposante armada noire venue de la Nouvelle-Zélande, les massifs champions du Transvaal, la lourde mécanique anglaise –, les joueurs du Queensland paraissent survoler les matchs de leurs courses sans cesse relancées. A une version trop usinée du rugby, ils apportent un sens du rythme et de l'élan qui fit passer sur les stades d'Europe le vent du grand large. En 1999, leur seconde victoire en Coupe du Monde (face à une équipe de France qui avait pourtant écarté les All Blacks) les place en leaders de la compétition internationale.

Sous le commandement de l'avocat demi-de-mêlée (Farr-Jones, au centre), les joueurs au maillot jaune, s'inspirant de l'agilité bondissante du petit kangourou qui leur sert d'emblème, le wallaby, ont conquis en 1991 la Coupe du Monde.

Les gazelles musclées d'Afrique du Sud

Surprises, encore... Quel observateur du milieu du siècle dernier eût parié un penny que cette Afrique australe, colonisée par les Boers hollandais en butte à l'impérialisme britannique, deviendrait l'un des lieux du monde où le jeu des vainqueurs est tenu pour une religion? Qu'une équipe de ceux qu'on appelle les Springboks (du nom d'une gazelle...) se compose aujourd'hui pour moitié environ d'«Anglais» et d'Afrikaners a de quoi faire rêver. Dans son *Histoire mondiale du rugby*, Jean-Pierre Bodis produit un document parmi les plus stupéfiants : la lettre

Sous le regard des hautes montagnes de la ville du Cap, c'est un «match de football à Rondesbosch», un des quartiers de la capitale, qu'a représenté vers 1860 le peintre de genre Otto Landsberg. Le style des compétiteurs annonce déjà ce que sera la hargne des Springboks. Le plus curieux est moins l'accoutrement des joueurs (ou combattants) que le public et l'environnement. Que l'on ne prenne pas les gros pilotis alignés à droite pour des poteaux de torture (bien que...). Ce ne sont que les limites du terrain, le long duquel se tiennent d'étranges personnages, notamment ce cheikh improbable en djellaba, que l'on n'eût pas imaginé en telle occurence...

du général boer Maritz au major britannique Edwards pour lui donner son «assentiment à un match de rugby entre vous et nous» grâce à une «suspension d'armes demain de midi au crépuscule».

Dans l'équipe sud-africaine qui, la guerre finie mais les plaies encore saignantes, reçoit une sélection britannique, en 1903, on relève la présence de six joueurs issus de la communauté afrikaner, et plus précisément de l'université de Stellenbosch, où ne se manifeste aucune intention d'intégration. Sinon dans le domaine exclusif du jeu à XV, pour lequel ces étudiants issus de familles huguenotes – hollandaises, allemandes et françaises – manifestent des dons exceptionnels.

Les Springboks sud-africains sont moins fidèles à leur emblème fétiche (une petite gazelle) que les Wallabies au leur. Leurs champions se sont imposés le plus souvent par la puissance dévastatrice de leur pack d'avants... où se distinguèrent aussi de grands preneurs de balle comme Frick du Preez (dont l'un des prédécesseurs se manifeste ici à Swansea en 1906). Mais dans les lignes arrière des Springboks ont brillé aussi de grands joueurs comme (en haut, page de droite) Dawie de Villiers, héritier d'une famille française émigrée en Afrique, que l'on voit ici, libéré de l'étreinte puissante de Walter Spanghero, tenter d'échapper au placage de J.-P. Lux, à Bordeaux en 1968..

«Vous serez un pour un!»

Dès 1906, trois ans seulement après la fin de cette guerre impitoyable au cours de laquelle la presse britannique a présenté les combattants boers comme des sauvages (qu'ils n'étaient pas) et des racistes (qu'ils étaient), une équipe de Springboks s'embarque pour le Royaume-Uni, sous la conduite de Paul Roos, grand joueur et militant nationaliste africain qui reçoit de son père, au moment du départ, cet avis stimulant : «Pendant la guerre, ils nous ont submergés sous le nombre. Cette fois, vous serez un pour un!»

C'est en 1910 qu'est constituée l'Union sud-africaine, unifiant les deux républiques boers, colonies de la couronne depuis leur défaite de 1902, et les «territoires libres» du Cap et du Natal. Opération qui ne se fait pas au bénéfice des premières. Sur le plan du rugby, on observe même une régression de l'élément afrikaner jusqu'à la guerre de 1914. Mais la deuxième tournée européenne des Springboks, en 1913, est une réussite.

A la veille de la tournée 1992 des «boks» en France, Naas Botha tente déjà, par ses coups de pied de déplacement, ou de pénalité et ses drops, de pallier la relative médiocrité des successeurs de du Preez et de De Villiers.

Le rugby continue de jouer son rôle intégrateur entre les deux communautés blanches, à ceci près que dans la composition des équipes sud-africaines dont le prestige va bientôt égaler celui des All Blacks néo-zélandais, on observe que les lignes arrière sont composées en majeure partie d'anglophones, alors que le pack d'avants est formé surtout d'Afrikaners (mais combien d'exceptions, à commencer par le demi-de-mêlée Dawie de Villiers, descendant de huguenots français de la région de La Rochelle...).

Béante, hurlante : la question noire

On aurait pu imaginer que, refoulés dans leurs ghettos, interdits de séjour dans les clubs et les stades des Blancs, les hommes de couleur choisiraient de se rabattre sur le football, sport prolétaire, méprisé par les notables des deux communautés blanches. Mais non : c'est bien au jeu à XV que rêvent les jeunes Indiens, Malais et Africains. Et pour marginalisé qu'il soit, joué dans des conditions difficiles (la pluie, au Transvaal, est plus rare que dans le Sussex...), le rugby noir se développe, au point qu'à la fin des années quatre-vingt, le meilleur demi d'ouverture de l'Afrique australe était, avec Naas Botha, un splendide joueur noir, Errol Tobias. Mais qui rêvait alors de le voir sélectionné parmi les Springboks ? L'exclusion était si rigoureuse qu'elle frappait les joueurs blancs qui osaient se mêler à leurs camarades noirs : ainsi Ronnie Watson, menacé de mort pour l'avoir fait. Dix ans plus tard, on le sait, la terre a tourné. Nelson Mandela, épaulé par le brave Frederik De Klerk, a créé, sur la terre de l'apartheid, un Etat multiracial où le rugby est devenu le bien de tous – même si l'équipe nationale n'accueille que chichement les Noirs. En 1995, organisant la Coupe du monde de rugby, l'Afrique du Sud a reçu la juste récompense de cet immense effort : la victoire des Springboks en finale d'une compétition marquée par la domination du rugby de l'hémisphère Sud, et plus particulièrement par celle des All Blacks néo-zélandais qui, inexplicablement, ne parvinrent pas à remporter la Coupe. Doit-on voir là, en action, ce que l'on serait tenté d'appeler la morale de l'histoire?...

Les Pumas argentins

Depuis leur victoire (la première en terre française) sur les tricolores, en novembre 1992, les Pumas d'Argentine ont vu monter, à la bourse du rugby, une cote déjà élevée. Que les hommes de la Plata l'aient emporté ce jour-là grâce à la miraculeuse réussite de leur buteur Meson ne peut faire oublier qu'ils ont tenu en échec sur l'ensemble du match une équipe agréée eu sein du club le plus fermé du rugby mondial, dont la contre-performance fut provoquée par la fougue et l'intelligence tactique des «bleu-et-blanc» venus de l'autre hémisphère. Ci-dessus les Pumas dans les années cinquante.

Pour que l'Argentine devienne, par-delà l'océan, le porte-drapeau du jeu à XV, plutôt que les Etats-Unis, le Canada ou le Mexique, il a fallu que s'opère au XIXe siècle la prise en charge de l'économie du «cône sud» latino-américain par les Britanniques, notamment par des Gallois, les contremaîtres transportant dans leurs bagages une balle ronde, les cadres supérieurs un ballon ovale.

Les premiers clubs de rugby argentins sont fondés en 1880 – truffés de Brown et de Shaw. Le premier match officiel entre une équipe anglaise et les joueurs locaux se déroule à Buenos Aires en 1905. Jamais le jeu à XV en Argentine ne se distanciera de ses origines intensément anglaises, pour ne pas dire victoriennes : «Un rugbyman argentin, dit-on, c'est un Italien qui parle espagnol et rêve d'être Anglais.»

Le rugby écossais mis à part, c'est probablement celui de ce pays qui est le plus fermement attaché aux règles d'un amateurisme très sourcilleux – ce qui revient à en exclure les jeunes issus des milieux les moins favorisés. Ce jansénisme à l'écossaise a fait fuir vers d'autres sports bon nombre de jeunes gens fort doués.

Les joueurs de l'équipe nationale d'Argentine, revêtus d'un maillot rayé bleu et blanc, couleurs du drapeau national, sont placés sous le signe du puma. Curieux. Bien que cet animal redoutable rôde volontiers entre le rio de la Plata et la Terre de Feu, le félin qui s'inscrit sur l'emblème cousu à leur maillot est bel et bien un jaguar : a-t-on craint, l'appelant par son nom, de faire tout de même un peu trop britannique ? A-t-on voulu nationaliser ainsi ce jeu venu d'ailleurs ?

Jaguars ou pumas, en tout cas, les «bleu-et-blanc» ne sont pas des enfants de Marie : on ne saurait dire que leurs griffes sont innocentes. Longtemps, leur plus grand joueur fut un ouvreur au coup de pied magique, Hugo Porta, qui a inscrit 530 points sous le maillot national. Malheur à l'arrière qui jouait contre cet allumeur de chandelles : cinq à six secondes plus tard et trente mètres plus loin, au point de chute du ballon, il se voyait empoigné par trois ou quatre types

Les pumas argentins n'ont pas d'atout comparable à un Diego Maradonna. Mais ce qui les rend capables de battre n'importe qui, dans un bon jour, c'est un *fighting spirit* à l'irlandaise qu'incarnent bien ici les trois joueurs de leur première ligne de 1988 : Urbano, Angelillo, Cash... Pour parler comme l'un de leurs entraîneurs, Me Petra, de Tucuman «En voilà qui ont quelque chose dans le pantalon.»

de Tucuman ou de Cordoba qui se fichaient pas mal de prononcer correctement le mot de *gentleman* ou d'en imiter le comportement – un cyclone de viande rouge...

Le XV de France, avec et sans Blanco, en fit par deux fois la cruelle expérience. En 1985 et 1986, à Buenos Aires, le coq gaulois, volontiers sûr de lui, sinon dominateur, tomba dans les griffes des pumas... Commentaire de Me Alessandro Petra, avocat, entraîneur de l'équipe de Tucuman : «Ici, nous avons des couilles. Vous, vous n'avez rien dans le pantalon!» Dit en anglais, ce propos doit avoir un charme plus discret.

En Roumanie, un rugby francophile

Si le rugby argentin est anglomane, celui de Bucarest est francophile. Ce jeu qui, rigueur et folie mêlées, émane évidemment des îles Britanniques, fut reçu sur les rives du Danube comme un manifeste de la latinité. Au début du siècle, dans cette Europe surplombée par les Germains ici et les Slaves là, les Roumains-Romains virent dans ce jeu adopté et adapté par les gens de la Garonne et du Rhône un moyen d'affirmer leur différence. Tout autour d'eux, à Prague, à Vienne, à Budapest, à Belgrade, les gens tapaient dans un ballon rond. L'ovalité était la forme de l'indépendance. D'autant qu'un trait d'union s'offrait : les étudiants, si nombreux à Paris et à Bordeaux à l'époque d'Elvire Popesco, des frasques du roi Carol et des enfances d'Eugène Ionesco. Au temps de la révolution de 1989 à Bucarest, les Français ont découvert avec ravissement que «tous les Roumains parlent français». En même temps que l'usage de l'imparfait du subjonctif, de nombreux étudiants roumains apprenaient à manier l'étrange objet de cuir.

Les premières équipes se créent au début du conflit de 1914-1918, au temps de l'alliance de guerre. Vingt années durant, des équipes comme le Steaua de Bucarest, Grivita Rosie ou le Farul de Costanza produisirent un beau jeu, plein d'allant, plus ou

Ce n'est pas sous le signe animal que s'est placé le rugby roumain, mais végétal : la feuille de chêne, comme les généraux français de jadis. On voit ici (ci-dessus) les joueurs du Danube se faire «planter» un essai par le terrible deuxième ligne narbonnais Choy, lors d'un tournoi de jeu à XV à Berlin en mai 1936. (Les tribunes désertes signalent bien le peu d'intérêt que suscite le rugby en Allemagne.)

moins inspiré du style «à la française».

Le totalitarisme a ses lois, et ses conséquences : on ne peut manquer de faire le lien entre la poigne de fer du

régime imposé à la Roumanie à partir de 1947 et le style implacable et rugueux dont l'équipe nationale, corsetée de jaune et bleu, se fit alors une spécialité.

Largement composée de militaires et de policiers, l'équipe des Carpates s'affirma face à la France, la seule «grande nation» du rugby qui acceptait de l'affronter, un partenaire éprouvant et sans attrait – bien que de grands joueurs eussent fait leur apparition dans les années cinquante : le deuxième ligne Demian (qui fit belle figure dans les rangs de Toulon), le numéro 10 Irimescu, le demi de mêlée Parachiv, l'arrière Constantin…

En 1960, à Bucarest, les «jaune-et-bleu» l'emportèrent enfin sur la France, avant de la battre en terre de Gascogne, à Auch, en 1990. Longtemps snobé par les Britanniques, le rugby roumain fut par eux jugé digne, en 1983, d'être fréquenté. Une

Ici à Bucarest, vingt-cinq ans plus tard, il y a plus de monde pour voir Dufau, bien protégé, ouvrir sur ses trois-quarts. Ses successeurs auront plus de mal à se jouer de la troisième ligne roumaine.

victoire sur le pays de Galles, une autre sur l'Ecosse firent illusion, avant un certain 58 à 3 infligé par quinze Anglais aux compatriotes de Ceaucescu en 1989, peu de mois avant l'effondrement du dictateur. C'était, il est vrai, l'époque où les champions du Danube souffraient, presque autant que leurs concitoyens, d'une cruelle sous-alimentation : on raconte qu'en arrivant à Dublin, en 1986, pour y recevoir une correction qui eût été humiliante en d'autres circonstances, plusieurs des joueurs roumains aperçurent le premier morceau de viande qui leur ait été donné de voir depuis des semaines.

Cette affiche du temps du fascisme, ornée d'un propos de Starace, ministre des Sports de Mussolini, vantant ce «sport de combat qui devrait être largement pratiqué par la jeunesse fasciste»,

voilà ce qui a fait tant de mal au jeu à XV en Italie. A la même époque étaient placardées sur nos murs des affiches «Engagez-vous, rengagez-vous dans les troupes coloniales».

De l'autre côté des Alpes

L'Italie n'a pas besoin du rugby pour faire reconnaître sa latinité, et pour ce qui est du génie anglais, Venise et Vérone en sont plus noblement marquées que par l'invention de William Webb Ellis. Aussi bien, le jeu à XV n'a jamais retenu l'attention sonore des *tiffosi* comme le *calcio*, le vélo ou l'auto. Le rugby italien reste marginal, quoique vivace et producteur de grands joueurs. Il surgit de temps à autre, pour un exploit, individuel ou collectif.

On joue régulièrement, et bien, à Turin, à Milan, en Vénétie. De grands joueurs étrangers comme le Sud-Africain Naas Botha ou l'Australien Michael Lynagh, ou naguère le Français Pierre Villepreux y ont été entraîneurs ou joueurs. Et l'Italie a donné à ce jeu deux champions exceptionnels, le numéro 8 Franco Zani, longtemps leader de l'équipe d'Agen, et surtout David Campese, vedette attitrée de l'équipe championne du monde, les Wallabies.

Ce jeu où le double génie italien, celui des maçons «devant» et celui des divas «derrière», avait tout loisir de s'exprimer, n'a franchi les Alpes que vers 1910 – trente ans après son introduction en France – et n'a pris un début d'essor qu'à l'incitation du régime fasciste, Benito Mussolini ayant vu au cinéma un match Oxford-Cambridge et considéré que cet exercice était de nature à forger le caractère et les muscles de ses *ballilas*. Disgrâce cruelle : le jeu à XV fit alors, et pour longtemps, figure de «jeu fasciste» – et souffrit de ce fait, après 1945, d'un rejet humiliant...

Mais le rugby italien n'est pas resté drapé dans sa chemise noire. Vêtu de bleu comme son voisin du nord-ouest, il vit sa vie dans l'ombre du mirobolant *calcio* et d'un basket-ball richement doté lui aussi. A Trévise, à Padoue, à Rovigo, à Turin, il y a de très bonnes équipes – et surtout à Milan, le Médiolanum, sur lequel veille, sans avarice, Silvio Berlusconi. C'est là que joue, entraîné par l'Australien Mark Ella, après avoir été formé en Afrique du Sud, le merveilleux Marcello Cutitta, un des meilleurs ailiers du monde, qui naguère transperça l'équipe de France tout entière d'un essai de quatre-vingts mètres.

Fils d'immigrés italiens en France, Franco Zani ne répondait pas aux convocations de Starace en pénétrant sur la pelouse du stade d'Agen. Dix années durant (de 1965 à 1975), il fut le superbe meneur de jeu de la grande équipe des «bleu-et-blanc» et l'eût été de l'équipe de France s'il n'avait pas tenu à garder sa nationalité d'origine.

Avec son admission dans le cercle très fermé du Tournoi des Cinq Nations en 1999, l'Italie est en train de se faire une place dans la cour des grands. Elle est désormais, sur le continent, la meilleure rivale de la France... qu'elle a d'ailleurs battue, le 28 mars 1997, à Grenoble.

L'équipe impériale du Soleil levant, rentrant victorieuse d'un match contre le Canada, est passée en revue par le prince Shishibu, président de la fédération japonaise. On ne dit pas quelle réception lui eût été réservée, vaincue.

Où le soleil se lève ovale...

De quoi est incapable un groupe de huit Japonais ? De jouer *Pelléas et Mélisande* ? Non. De construire l'abbaye de Sénanque ? Pas davantage. Mais de prendre régulièrement la balle en touche à une équipe d'Occident, oui. Il y a de grands Japonais ; mais ils jouent alors au basket ou au volley-ball et à 1,85 mètres, on n'est pas en mesure de rivaliser, en ce domaine, avec Dooley ou même avec Roumat. Ne doutons pas que les biologistes nippons feront bientôt pousser les deuxièmes lignes de telle façon que les balles en touche seront plus équitablement partagées. Pour l'heure, les « rouge-et-blanc » japonais sont trop sevrés de ballons pour occuper,

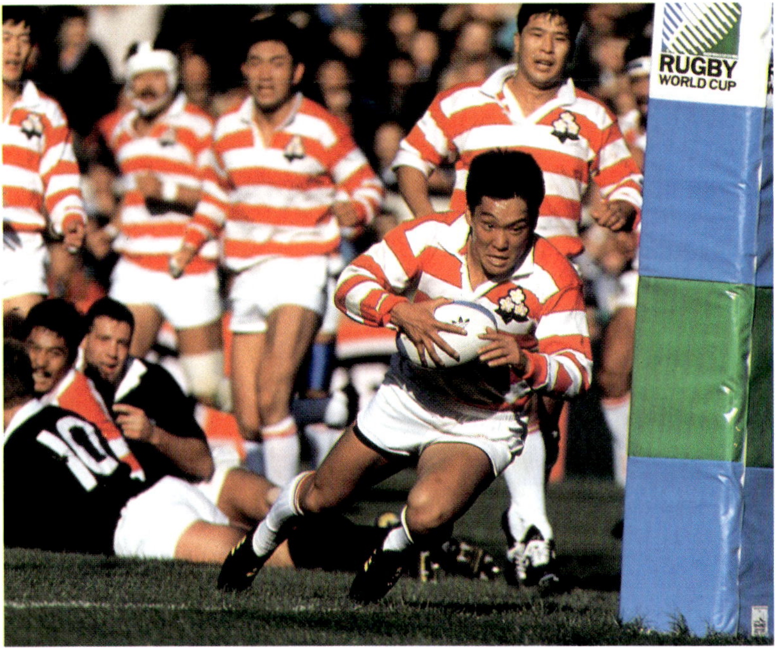

sur la planète ovale, la place justifiée par leur vitesse d'intervention, leur discipline et leur abnégation.

Né avec le siècle, fertile depuis l'époque de la Première Guerre mondiale, pratiqué par environ cent mille jeunes gens répartis en près de quatre mille clubs, le jeu à XV a, au Japon, une particularité : il n'est pas lié seulement à la vie des collèges et des universités, mais aussi à celle des entreprises. Si bien que les deux meilleures équipes du pays – où le base-ball est le sport le plus pratiqué depuis l'occupation américaine – sont celles de la Waseda University et de la Nippon Steel : le match qui attire les foules les plus imposantes est celui qui oppose, tous les ans, la meilleure équipe universitaire à la championne des «corporations». On joue bien, au Japon. Jeu basé sur l'esquive, sur l'évitement, et qui ne se fonde pas, comme c'est, hélas, de plus en plus le cas en Occident ou dans l'hémisphère Sud, sur le heurt, la collision, la stratégie du rouleau compresseur.

Un siècle plus tard, lors de la Coupe du Monde en Grande-Bretagne, c'est dans un style très peu folklorique que l'excellent Hosokawa transperce la défense écossaise pour marquer, entre les poteaux, un très bel essai – qui n'évitera pas au Japon une honorable défaite. Mais d'où sortent donc (à gauche) ces prodigieux porteurs de bonnets qui s'affrontent à Yokohama en 1880, sous l'œil d'un public de geishas et de samouraïs respectueux?

WALLABY
RUGBY

Autant de maillots, autant de blasons (de gauche à droite et de haut en bas) : la rose de l'Angleterre, le chardon de l'Ecosse, le trèfle de l'Irlande, la fleur de cerisier du Japon, l'oiseau du Zimbabwe, le springbok d'Afrique du Sud, la fougère d'argent de la Nouvelle-Zélande, le puma de l'Argentine, le kangourou et l'émeu de l'Australie, l'écusson tricolore de la France et les trois plumes d'Autruche du pays de Galles.

SOUTH PACIFIC
CHAMPIONSHIP 1989
IT'S GONNA BE NO MUSICAL!

Le rugby des îles

On ne saurait couper court à cette déambulation sur la planète ovale sans évoquer le Canada (tard venu à ce jeu mais excellent lors de la dernière Coupe du Monde), les Etats-Unis (vainqueur du tournoi de rugby aux jeux Olympiques de Paris, en 1924) et, plus significatifs encore, les superbes joueurs des Tonga, des Samoa et surtout des îles Fidji, les enchanteurs de la première Coupe du Monde de 1987, qui font toujours trembler les Français, comme en 1999 à Toulouse.

Quelles envolées, messeigneurs, quels déboulés et quelles «biscouettes», comme dit Brouat, à l'occasion de la victoire remportée par nos champions du *vaka viti*, l'art de vivre en ces îles, sur une imposante sélection française à Bordeaux. On se croyait revenu au temps heureux où l'Aviron bayonnais régnait sur le rugby français... Alors survinrent des professeurs, des entraîneurs qui persuadèrent ces belles têtes noires qu'il ne faut pas prendre trop de risques, que quelques chandelles économisent l'effort... Mais le naturel est revenu au galop, c'est le cas de la dire. Si les Fidjiens ont déçu lors de l'édition 1991 de la Coupe du monde, alors même que leurs camarades des Tonga parvenaient en quart de finale, ils surent se reprendre en 1995 et s'imposèrent parmi les huit meilleures équipes. Les rugbymen des Iles, maîtres du «rugby à sept» – ils l'ont rappelé aux championnats du monde de Hong-Kong, en 1997 – n'ont pas fini de nous éblouir de leurs courses et de leurs élans.

Les joueurs du Pacifique ne sont pas seulement des galopeurs effrénés. Le contact, on le voit ici, ne les effraie pas.

On se prétend à l'originalité en rappelant que les Anglais sont empiriques, et que la pratique et les coutumes fondent leur comportement collectif plutôt que les textes ou les constitutions préétablis. Sait-on que l'International Board, cette académie du rugby, fut fondée, sans la participation des Anglais, par les Ecossais, les Irlandais et les Gallois, et que les gens de la rose ne s'y rallièrent qu'ensuite ? Et qu'après plus d'un demi-siècle de participation au tournoi, les Français ne furent admis au Board qu'en 1977?

CHAPITRE IV
D'UN TOURNOI L'AUTRE

Ce monsieur chapeauté d'un melon, c'est le roi d'Angleterre George V saluant les joueurs tricolores en 1922 à Twickenham (à gauche, un France-Irlande en 1924 vu par *L'Illustration*).

C'est dans un esprit de tâtonnement hasardeux que fut fondé – non, que prit forme, puis vigueur – le Tournoi des Cinq Nations, compétition que les Français datent d'avant la Première Guerre mondiale, alors que leurs partenaires d'outre-Manche n'en situent l'origine qu'après la Seconde Guerre, quand les *froggies* commencèrent d'opposer une résistance soutenue à leurs hôtes britanniques.

Il est vrai qu'un épisode savoureux se situe dès 1911. Jean-Pierre Bodis raconte que le 1er janvier de cette année-là, à la veille du deuxième France-Ecosse, un journaliste d'Edimbourg écrivait : «En raison de la pénurie où nous sommes de trois-quarts de valeur, c'est une chance pour l'Ecosse que le match contre la France ait lieu avant les rencontres sérieuses.» Les joueurs au chardon, ayant pris cette expédition à la légère, et que ce fut ou non par la faute de leurs trois-quarts, furent battus à Colombes par 16 à 15, à la stupéfaction générale.

Face aux Français, en 1911, les Ecossais ne luttaient pas pour conquérir la Calcutta Cup (ci-dessous). C'est à l'Angleterre qu'ils disputent chaque année cet étrange ustensile.

Un club très fermé

Dans les Iles, on ne parlait guère de «tournoi», bien que le mot fleurât bon son Shakespeare et les grandes chroniques saxonnes. On se contentait de face-à-face, de l'Ecosse-Angleterre originel de 1871 aux confrontations avec l'Irlande en 1875 et le pays de Galles en 1881. Mais très vite, ces manifestations revêtirent une pompe et un rituel que goûtent les Britanniques. Le match annuel Ecosse-Angleterre, joué tantôt à Twickenham et tantôt à Edimbourg fut doté de la Calcutta Cup. Les hymnes nationaux furent joués avant chaque rencontre (sans parler des chants entonnés par le public en cours de jeu, *Flower of Scotland* ou le *Land of our Fathers* des Gallois) et la meilleure des «nations» britanniques fut décorée chaque année de la «triple couronne».

Pourquoi ces fous de Français furent-ils admis dans ce club très fermé, consacré à la pratique de ce jeu singulier qui pouvait se développer sans eux, entre gens qui, pour être parfois brutaux, ignares ou mal embouchés,

Le bon vin de France porte chance : c'est le titre du *Petit Journal illustré* à l'occasion d'un match France-Irlande, en 1932. Le béret basque, les trois couleurs, le coq, la barrique et la piquette : la coupe est pleine.

mineurs de fond ou catholiques, avaient en commun un langage, une certaine façon de jouer, de boire de la bière ou de porter la casquette ou le *trenchcoat* ?

Pour affronter les Irlandais à Paris, quatre mois avant la guerre de 1914, quinze Français transis pénètrent à petits pas sur ce qu'on ne saurait appeler une pelouse, mais plutôt un lac de boue. Dans ce cloaque, le *fighting spirit* des joueurs au trèfle risque de bousculer une équipe tricolore alors adonnée au rugby offensif, modelé par les Basques de l'Aviron bayonnais, champion de France en titre.

Les «froggies» dans le wagon-balai

Au coup par coup (c'est le cas de le dire...), les joueurs des Iles, après les All Blacks néo-zélandais en 1906, avaient pendant quatre ans daigné mêler leur sueur britannique à celle des mêlées françaises quand, en 1910, sur la rive sud de la Manche, on se mit à parler du Tournoi des Cinq Nations, sans que cette nouvelle ait paru franchir la mer. A cette époque, les matches avec les Français ne se jouaient pas le samedi, mais en semaine... Et les joueurs britanniques qui y avaient participé n'étaient pas encore considérés comme ayant porté les couleurs nationales. Avoir joué contre ces apprentis du continent...

A Paris, on publiait un classement, qui situait invariablement la France à la traîne (même après la surprenante victoire des Tricolores sur les Ecossais), mais tout de même à l'intérieur du cercle enchanté, et les gens de là-haut laissaient faire. Si ça leur plaît, aux *froggies*, de jouer le rôle du wagon-balai...

Le 1er janvier 1913 pourtant, au parc des Princes, un scandale éclata à l'occasion du quatrième France-Ecosse. Cet après-midi-là, la lourde défaite subie par le XV français fut mise par une foule imbécile sur le compte de l'arbitrage de l'Anglais V. W. Baxter, qui fut houspillé, malmené. La presse britannique s'enflamma, à juste titre. Et il ne fallut pas moins que la guerre pour apaiser ces passions...

Le vrai tournoi, celui qui est pris au sérieux de part et d'autre, date de 1920. C'est alors que le XV méridional s'affirme comme un partenaire compétitif – qui se situe à la quatrième place cette année-là, à la seconde (ex æquo avec les Gallois) en 1921, à la quatrième encore en 1922, à la cinquième en 1923. Des hauts et des bas, qui ne cesseront plus, même après la série de victoires des équipes de Jean Prat et de Lucien Mias dans les années cinquante, et les «grands chelems» des années soixante-dix.

Historique, ce France-Angleterre de 1921 où les récents compagnons de tranchées de l'Argonne et de la Somme s'affrontent en souvenir de leurs camarades disparus. Les mêmes compétiteurs s'étaient déjà rencontrés l'année précédente. Mais c'est alors surtout que prend son sens et sa dimension le «tournoi», où les Français ont cessé de jouer les utilités, et s'affirment comme de vrais partenaires compétitifs.

France
&
Irlande
1921

Faut-il rappeler qu'on appelle grand chelem, au rugby comme au bridge, la performance réussie par l'équipe ou le joueur qui accumule toutes les victoires, ou toutes les levées ? Faut-il préciser que les compétiteurs sont crédités de deux points pour une victoire, d'un pour un match nul, de zéro pour une défaite ? Qu'aucun compte n'étant tenu du *goal average* (les points marqués pendant un match) les ex æquo parmi les cinq rivaux sont très courants ? Et qu'enfin, la «cuiller de bois» est attribuée au dernier, s'il n'a marqué aucun point ?

C'est déjà à Colombes que l'on joue (en haut) dans le stade qui ne deviendra authentiquement olympique que pour les Jeux de 1924. Là, l'équipe française de Crabos et de Jauréguy l'emporte sur l'Irlande, avant de livrer aux Ecossais un combat dont la couverture du *Petit journal illustré* donne une assez fière idée. Les couleurs sont fantaisistes. (Laquelle joue en blanc, de ces deux équipes aux traditionnels maillots bleus?) Mais l'acharnement, lui, paraît authentique...

Divorce et remariage

En 1931, le concert franco-britannique fut interrompu par un couac – les gens de l'International Board ayant décrété, non sans quelques raisons, que les

partenaires du Sud n'étaient plus fréquentables : brutalités, professionnalisme. Les pratiques des *froggies* conduisirent les *gentlemen* des îles Britanniques à se priver de tous contacts avec eux. Jusqu'à la guerre, le rugby français dut se contenter, pendant huit ans, de face-à-face avec les Allemands, constamment dominés, sauf en 1938 (l'année de Munich) où, à Francfort, les tricolores furent battus par 3 à 0 ; avec les Italiens, victimes en 1937, au parc des Princes, d'un 43 à 5 ; et avec les Roumains.

C'est surtout après la Seconde Guerre que le Tournoi prend sa dimension institutionnelle, sacrale. Il est vrai que, dès 1921, un France-Angleterre rassemblait à Colombes près de quarante mille spectateurs, dont le maréchal Foch, Tarbais et donc amateur de rugby, et faisait figure d'événement national (Angleterre 10, France 6). Mais depuis la fin des années quarante, les valeurs se

On ne saurait dire que les Français qui pénètrent sur le stade de Hanovre pour affronter le XV du IIIe Reich (1934) aient l'air heureux de jouer à l'enseigne de la croix gamée. Ces airs mornes !

sont équilibrées. De merveilleux joueurs comme le Gallois Ken Jones, l'Anglais Boobyear, l'Irlandais Kyle ou le Français Jean Prat font flamber les pelouses, et la télévision, vers 1958, offre au rugby un appoint décisif. Il se trouve que ce jeu ésotérique «crève l'écran», porté par une voix de grognard ensoleillée, celle de Roger Couderc.

Le général de Gaulle, Lillois de Paris peu familier de ces jeux, ne manquerait pas pour un empire (britannique) un des matchs du Tournoi, bien qu'il s'indigne de voir l'équipe de France toujours arbitrée par un citoyen des Iles. «Pourquoi pas un Roumain?» grommelle-t-il, peu sensible apparemment au génie ludique du petit *referee* gallois Gwynn Walters dont le libéralisme

Le maréchal Foch a-t-il vraiment donné le coup d'envoi d'un match en 1921? Le *Petit Journal illustré* (à gauche) le donne à croire. Mais le rugby n'a plus besoin de telles cautions. Sur le bord de la touche (ci-dessous) a longtemps régné Roger Couderc, flanqué de Pierre Albaladejo, grand joueur mué en maître du commentaire, modèle d'intelligence critique et narquoise, dont le partenaire est désormais le savant Pierre Salviac.

servit si bien le jeu français... Ce qu'aurait été la pratique du rugby en France, privée de ces échanges fructueux, on en avait eu l'idée entre 1931 et 1939, quand les Britanniques avaient coupé les ponts : une traversée du désert. Faute de ces quatre matchs décisifs, joueurs et entraîneurs se sentent comme privés d'oxygène et de points de repère, d'autant que les autres grandes nations du rugby – Nouvelle-Zélande, Australie et Afrique du Sud – suivaient l'exemple britannique. Ainsi la France était-elle mise en quarantaine, sur ce plan, par le pays où était imposée l'intolérable pratique de ce qu'on allait appeler l'apartheid – qui ne relève pas de la «politique», comme le disaient les adversaires

Lors du match France-Galles à Colombes en 1961, deux détails d'une attaque des lignes arrières françaises. A droite, le demi d'ouverture Pierre Albaladejo vient de servir, dans son style sobre et fluide, le hussard intrépide qu'est Guy Boniface (à gauche) dont la course, soyons-en certains, ira aussi loin qu'homme au monde pouvait la pousser.

Ce ne sont pas les Français cette fois (ci-contre, en 1947), mais les Anglais qui, dans le vieux stade de Landsdowne Road, à Dublin, s'efforcent de contenir l'élan fameux des joueurs locaux, souvent irrésistibles chez eux. Bien que ni Ronnie Cavanagh ni Andy Mulligan ne se soient encore affirmés en 1947, ce sont les joueurs au trèfle qui l'emportèrent ce jour-là sur les visiteurs à la rose.

du boycott, mais d'un élémentaire respect des droits de l'homme et de l'esprit du sport.

Le «french flair»

Un demi-siècle d'existence du Tournoi des Cinq Nations (compte tenu des deux interruptions des années 1914-1919 et 1931-1945) permet de dresser un bilan très positif, et pas seulement pour les Français. Si longtemps «rossés» qu'ils aient été, si lents qu'on les ait vus à réaliser que le jeu à XV est essentiellement collectif et comporte une part d'abnégation supérieure à celle des prouesses individuelles, les joueurs au coq ont apporté au jeu un souffle de fantaisie, ce qu'on appelle là-bas le *french flair*, et des inventions enrichissantes.

Ce sont les joueurs français, de concert avec ceux des antipodes, qui ont donné d'abord toute son ampleur au rôle des trois-quarts;

SPECIAL FRANCE-GALLES
Le triomphe des Tricolores dans le tournoi
De Twickenham à Colombes, les grandes luttes du XV de Moncla
Duel Bouguyon-Price à la touche. De gauche à droite : Saux, Domenech, Roques, Evans, Prosser, Bouguyon, Price qui survole les touches et que plaque De Gregorio, B. Thomas (2). Photo Christian ROCHARD.
2
EDITE PAR LE MIROIR DES SPORTS Sport & Vie
1,50
Supplément au N 846 du 27 mars 1961

ce sont eux qui ont fait de la passe l'essence même du jeu; ce sont encore eux, à l'initiative du docteur Lucien Mias, qui ont bouleversé le jeu d'avants en inventant le demi-tour-contact qui permet au pack une propulsion plus cohérente et continue; eux, du fait des Lourdais Martine et Prat, puis des frères Boniface, qui, dans les années cinquante, ont fait du cadrage-débordement un geste essentiel de l'attaque; et de Lacaze en Villepreux et d'Aguirre en Blanco, ce sont eux qui, vingt années plus tard, ont montré (après le Maori Nepia, avant l'Ecossais Irvine) que l'arrière est l'attaquant idéal, du fait de la variété des effets de surprise qu'il peut créer.

Cher Tournoi... Que d'heures de folie, sur le pré ou dans les *pubs* de Cardiff, les tribunes de Twickenham, le train au retour de Colombes, les ruelles autour de Lansdowne Road, – les percées de Mike Gibson, les déboulés de Gerald Davies, tel crochet de Gallion, la houle formidable du pack de Bill Beaumont-à-la-rose, le pâle soleil de Murrayfield où l'immense vague des enfants déferle sur la pelouse dès le coup de sifflet final...

Plus belle image d'un duel en touche, qui oserait la rêver? Ici, lors du France-Galles gagné à Colombes par la France (en 1961), Price, d'un bond prodigieux (et qui ne semble «amélioré» par aucun de ses partenaires), souffle la balle à Bouguyon, sous les yeux de Domenech et Roques, Evans et Thomas. C'est de l'arrière cette fois qu'est partie la balle (ci-dessous, en 1987), bien calée sur la poitrine de Serge Blanco. S'il ne peut surmonter le placage de son vis-à-vis, le grand arrière de Biarritz garde la ressource de passer la balle à Philippe Bérot, bien venu en soutien.

Un panthéon parmi d'autres

Lucien Mias (en haut, à gauche), capitaine d'un quinze de France curieusement mailloté de rouge à Colombes, en 1959, s'apprête à percuter un Ecossais qui n'en mène pas large. Un an plus tard, Richard Sharp, le grand ouvreur anglais – deux mots qui, alors, n'avaient pas valeur d'antithèse – a pris son allure de Nautilus à réaction pour percer les flots de la défense française. Bientôt durcie par Michel Crauste (ci-contre en haut), – dit «le Mongol», pour ses moustaches et la férocité joyeuse de ses placages – qui, plus de vingt fois, surgit ainsi, ballon en mains, à la tête de l'équipe tricolore... alors abreuvée de ballons par le grand Benoît Dauga (ci-contre en bas) qui, sous le regard du talonneur Cabanier, s'apprête ici (à Cardiff en 1966) à rabattre la balle vers Lilian Camberabero.

Face aux Gallois, dans un stade de Colombes où le public est bizarrement clairsemé – un France-Galles! – (page de gauche en haut), Jean-Michel Aguirre, de Bagnères, mène une charge soutenue par Saisset, Sitjar, Spanghero et quelques autres... avant que derrière une mêlée surplombée par Dauga, l'incomparable rampe de lancement qu'est Gareth Edwards (page de gauche en bas) arme une passe qui ira, n'en doutons pas, entre les mains de Barry John, son «ouvreur» et complice. En plein champ, sur la pelouse de Cardiff, voici le rouquin flamboyant Mike Gibson qui médite à coup sur un coup fourré contre les «diables rouges». Percer entre leurs centres? Un petit coup de pied par-dessus J.P.R. Williams? De quel sang ruisselle donc notre Jean-Pierre Rives? De celui des Gallois? Du sien? De celui de ses légions? Gageons que le cri qu'il pousse n'est pas une plainte, mais une convocation.

Les trois-quarts anglais peuvent bien s'élancer : Andy Irvine (page de gauche en haut) saura trouver la touche, avant de reprendre en trois coups de rein, l'offensive qui est sa raison d'être... comme celle de Jonathan Davies (en bas), le dernier en date de ces grands «n° 10» dont le pays de Galles est – et restera – fabuleusement riche, si riche que les dirigeants et financiers du jeu à XIII britanniques puisent à pleines mains dans ce vivier d'artistes qui font recette, de Leeds à Blackpool. Ce qui n'arrive plus guère en France où, un demi-siècle après la rafle opérée par «les treize» sur Galia, Rousié ou Samatan, les «quinze» plus glorieux et médiatisés ont pu conserver dans leurs rangs le plus spectaculaire des champions, Serge Blanco, star absolue de la dernière décennie, source intarissable d'initiatives généreuses, d'attaques inventives et de gestes solidaires.

Du Tournoi-grenouille au bœuf-Coupe du Monde

Et voilà que ces fêtes ne suffisent plus. Voici que la planète ovale s'élargit soudain, comme l'écran au moment où va commencer le film panoramique. Alors nos week-ends vers le nord se font voyages au long cours, alors la fine pluie des *lowlands* se fait ouragan ou cyclone. Nous voici à l'échelle de l'univers et le tournoi-grenouille s'enfle en bœuf-Coupe-du-Monde.

Il y a bien des façons d'apprécier ce brutal

Au cours d'un des plus beaux matchs de l'histoire du rugby, France-Australie, en demi-finale de la Coupe du Monde 1987 (le jugerions-nous si beau si les tricolores avaient perdu?), Alain Lorieux, soutenu par Laurent Rodriguez, tente de forcer le passage.

changement de perspectives et de volumes, ce saut à la fois quantitatif et qualitatif. On peut saluer la salubrité d'une entreprise qui officialise, solennise, la part fondamentale et créatrice prise par le rugby des antipodes à l'histoire et à l'enrichissement de ce jeu. Néo-Zélandais, Australiens et Sud-Africains, ont su affirmer, à l'occasion des trois Coupes du monde, leur maîtrise en une ample compétition régulière, manifestant une supériorité qui n'est plus guère contestée que par à-coups.

Deuxième mouvement, celui de la vieille *lady* dérangée à l'heure du thé par le passage d'un tracteur sur la terrasse du château familial... Notre cher rugby ne va-t-il pas souffrir, s'enfler, se commercialiser, devenir un *show* parmi tant d'autres ? Voici que surgissent les mots sinistres *sponsoring*, taux de croissance, soultes, rentabilité, profit, audimat, transferts... L'horreur... Emportée sur les ailes du Grand Barnum, l'invention de William Webb Ellis (on a cru bon d'emprunter votre nom, ô révérend, pour baptiser la Coupe !) allait courir le risque de se situer, entre base-ball et courses de Longchamp, au rang de ces attractions qui font passer le temps aux dévoreurs de télévision en assurant la fortune de quelques managers avisés.

Les deux réactions étaient et restent bonnes. Sur le plan sportif, les résultats sont heureux. Les trois vainqueurs,

Cette fois, c'est en finale de la même compétition, contre les All Blacks, à Auckland le 20 juin 1987, que Pierre Berbizier, demi de mêlée du XV de France, vient d'extraire la balle de la mêlée pour ouvrir sur ses arrières, bien protégé par Eric Champ, le Toulonnais qui surveille la manœuvre, alors que Daniel Dubroca, talonneur, s'est fait éjecter du paquet. Observons le regard, l'attitude, les appuis de Berbizier : bon exemple de ce que doit être et faire ce «piston» de l'équipe, clairvoyance, détermination, solidité mêlées. Mais ce jour-là, aucun berger des Pyrénées, aucun chasseur d'izards ou de palombes ne pouvait arracher la victoire aux hommes en noir.

Néo-Zélandais (en 1987), Australiens (en 1991 et 1999) et Sud-Africains (en 1995), ont justement affirmé leur supériorité en produisant un jeu digne d'une telle compétition. Le fameux *possession, pace, power* (conquérir la balle, donner le rythme, maîtriser le jeu) qui a fait la gloire des hommes en noir et la vitesse phénoménale des Wallabies ont donné tour à tour le «la» d'un jeu qui, dans les années quatre-vingt-dix, a retrouvé l'éclat de celui dont nous enchantèrent voici vingt ans Gareth Edwards et ses complices gallois. A l'âge des *jets* et du TGV, ce furent, chaque fois, de grandes leçons données.

Ces All Blacks auxquels le vis-à-vis de Berbizier, David Kirk, échappant ici à l'étreinte de Patrick Lagisquet-le-farfadet, ballon coincé drôlement sous le menton, offre l'un des essais qui assureront aux Néo-Zélandais une victoire qui officialise leur suprématie presque séculaire sur le rugby mondial.

Kilos et dollars...

Où s'arrêtera la musculation, le blindage pourrait-on dire, la dynamisation de ce jeu où les nouveaux demis de mêlée font déjà plus de quatre-vingts kilos, où les packs pèsent près d'une tonne ? Peut-on encore rêver à l'apparition d'un Gachassin, d'un Dave Watkins, d'un centre de soixante-quinze kilos comme Gibson, d'un troisième-ligne de quatre-vingts comme Rives – de tous ceux qui faisaient d'une équipe ce microcosme de la société décrit par Giraudoux, plutôt qu'une usine à muscles ?

De cela, ni la Coupe du monde, ni la coupe d'Europe des clubs, gagnée par Brive en 1997 ne sont directement responsables. L'évolution, sans elles, aurait probablement marché en ce sens. Ce dont on peut faire grief à ces compétitions , inévitablement inspirées par ces monstres que sont les jeux Olympiques, la Coupe du monde et la Coupe d'Europe de football, c'est de la brusque accélération qu'elles auront donnée à la commercialisation du jeu à XV.

Tendance affirmée dès l'origine. Les inventeurs du tournoi étaient des professeurs. Les promoteurs de ces Coupes sont des hommes d'affaires – tel Nick Shehadé, ex-capitaine des Wallabies, ex-maire de Sydney, propriétaire d'une chaîne de télévision. Nous voilà assez loin de Thomas Arnold et de Pierre de Coubertin.

Et c'est pourquoi , une demi-heure plus tard, le même David Kirk, heureux capitaine de cette légion sans faille, présente au peuple d'Auckland la Coupe du Monde qui restera quatre ans sur ces rivages, avant de poser aux côtés de deux des huit avants noirs, Steve Mac Dowell et Sean Fitzpatrick, dont les ancêtres écossais et irlandais avaient découvert, sous les ordres d'un autre capitaine, un certain Cook, deux siècles et demi plus tôt ces îles peuplées de Maoris, où les Kiwis sans ailes avaient déjà l'allure du ballon ovoïde. Journée si glorieuse pour le Dr Kirk qu'il choisit d'en faire le couronnement de sa carrière et, plaquant le rugby, de retourner à ses malades...

La deuxième Coupe du Monde, en 1991, s'est déroulée en Europe, sans se réduire pour autant à un élargissement du Tournoi des Cinq Nations. L'événement fut créé par l'équipe d'Angleterre, qui parvint à éliminer les All Blacks en demi-finale (ci-contre). Face aux tenants du titre, la fameuse deuxième ligne anglaise Ackford-Dooley s'imposa aussi nettement à ses rivaux qu'à n'importe quelle paire française.

Tout de suite apparaît le héros de la fête : la firme West Nally qui, précisent les excellents journalistes que sont Henri Nayrou et Christian Jaurena, enquêteurs exigeants, a «emporté le marché» en offrant une garantie de cinq millions de dollars. Mais il sera évincé par une autre firme, KDD. On ne compte plus en essais , mais en enchères. La planète ovale est devenue la planète verte, couleur des beaux billets qui font rêver – comme jadis le faisait une percée de Jim Butterfield ou une passe de Jean Trillo.

La rédemption de la rose

Il est facile de se gausser du règne du carnet de chèques. Facile, mais poignant. Le jeu déployé par les joueurs venus des antipodes n'en est pas moins impressionnant, et il est clair que le profit n'a pas grand-chose à faire dans l'ardeur mise à la victoire par Nick Farr-Jones, le demi de mêlée australien, avocat qui n'a certes pas besoin du royal «manque à gagner» que lui aura valu son séjour de 1991 à Londres.

Autre remarque. Tout au long des éliminatoires de la Coupe, l'équipe d'Angleterre usina – pour gagner à tout prix – un rugby si détestable, fermé, hargneux, résumé par la production de chandelles (*kick and run*, tape et cours dessous...), que la presque unanimité des commentateurs estima qu'une victoire de cette équipe serait une gifle pour ce que beaucoup appellent encore un jeu.

Et soudain, en finale, contre l'Australie, ayant réussi par ces moyens fâcheux à paraître à Twickenham, devant la reine et aux yeux du monde, comme libérés par l'honneur ainsi arraché, les quinze Anglais retrouvèrent l'esprit du jeu et quelque chose du génie de William Webb Ellis. Là non plus, les chèques redistribués par l'International Board n'avaient pas joué un rôle déterminant. La passion de participer, l'ivresse de la fête, la dynamique interne du jeu avaient opéré la plus salubre reconversion

En finale de la Coupe du Monde, à Twickenham, la blanche équipe au maillot frappée de la rose, emmenée par leur demi-de-mêlée Hill (ci-contre), se devait de relever le gant lancé par le capitaine des antipodes, le magistral Nick Farr-Jones. C'est avec ce que les gens de leur pays appellent *gallantry*, fière bravoure, que les quinze Anglais perdirent la finale contre les Wallabies.

des âpres militants du parc des Princes et de Murrayfield en beaux joueurs de Twickenham.

Le rugby «sponsorisé», normalisé à jamais? Le rugby sur calculette et sur ordinateur, et – pourquoi pas? – coté en bourse? Le rugby aux mains de la Chase Manhattan et de Mitsubishi? Essuyons nos larmes de vieux épicuriens nourris de pipérades, de cassoulet et de salmis de palombes, et retenons, après la belle série de matchs offerts en 1999 par la Coupe du Monde organisée en Afrique du Sud, que le jeu à XV a évolué vers une qualité rythmique et formelle qui eût fait rêver un Jean Prat ou un Gareth Edwards. Planète verte? C'est la couleur du dollar. C'est aussi celle du printemps.

Malgré leur exploit contre les All Blacks, les Bleus ne pourront remporter la Coupe du Monde 1999. Ils seront dominés en finale par une «énorme» équipe d'Australie, à l'image de John Eales qui devance ici Fabien Pelous.

Le printemps des Bleus

Ce printemps que nous avons vécu en automne, celui de 1999. Nous? Laissons-nous aller à une poussée de chauvinisme : tout fut si beau – et d'ailleurs ressenti comme tel par toutes les îles Britanniques – pendant la demi-heure miraculeuse qui permit aux Tricolores de vaincre les All Blacks le 30 octobre 1999 à Twickenham.

J'ai, depuis 1930, vu jouer Max Rousié, Jean Dauger et Richard Sharp, les Blacks de Brian Lochore et les Springboks de Dawie de Villiers, les diables rouges gallois de Gareth Edwards et le grand Lourdes de Jean Prat, «Mr Rugby» pour la presse anglaise. Je n'ai jamais vu une équipe enflammer une pelouse (un vrai feu de brousse) pendant trente minutes comme celle où crépitaient Dominici, Magne et Lamaison saisis par ce qu'on appelle en tauromachie le duende... Il se passait ce «quelque chose» d'inattendu, d'inspiré, de rieur, qui donne à ce jeu sa force poétique, l'audace du vers libre et la cocasserie du rebond d'une chose ovale...

Huit jours plus tard, à Cardiff, les inspirés du 30 mars étaient ramenés à la raison, celle du plus fort, qui prime quand le Grand Pan ou le bon petit diable cessent de s'en mêler : on vit se déployer dans toute son ampleur et sa rigueur, ce que, dans sa forme moderne, professionnelle, rationalisée, ce jeu peut donner pour le plaisir des yeux et de l'intelligence.

A voir opérer les Wallabies australiens bousculant savamment les quinze faiseurs de miracle du 31 octobre, on mesurait ce qu'a représenté, dans l'économie du monde, la révolution industrielle, cette convergence irrésistible entre l'esprit de recherche, la force matérielle, la rationalisation de l'énergie, la concentration des moyens.

Rugby industriel, mécanisme inexorable et par là abolissant ce hasard qui fait la grandeur du sport?

Non. Derrière ces pistons et ces bielles agissait, pétillant d'intelligence créatrice, un diable de bronze nommé George Gregan, le demi-de-mêlée des Wallabies.

Tel est le rugby à l'aube du troisième millénaire : un jeu qui sait combiner professionnalisme, nouvelle technique de jeu et goût du spectacle.

Page suivante : Nelson Mandela remet à François Pienaar la Coupe du Monde 1995.

6

TÉMOIGNAGES ET DOCUMENTS

Le rugby, une odeur d'enfance...

Mes héros

Le rugby est allergique aux vedettes. Seule l'équipe importe – fût-elle une star elle-même comme celle des All Blacks de 1987 ou le «team» gallois de Barry John et Gareth Edwards, douze ans plus tôt, ou le magnifique ensemble groupé à Lourdes, vingt ans auparavant, autour de Jean Prat. Mais l'auteur de ce livre a du goût, en toutes choses, pour les héros. Il profite donc de son privilège d'auteur pour braquer son projecteur sur quelques joueurs très admirés, au long d'un demi-siècle de tribulations sur la planète ovale.

Le premier s'appelait Rousié...

Max Rousié, dit «Maxou», né à Villeneuve-sur-Lot à la veille de la Première Guerre mondiale. Garçon-boucher de son état – n'était l'état de grâce qui s'emparait de lui sur le gazon des stades. Un type de taille moyenne, musculeux, presque noueux, qui jouait demi-de-mêlée le plus souvent, mais aussi 3e ligne aile, ou à l'ouverture, ou à l'arrière. Un coup de pied pharamineux, un coup de rein irrésistible, l'art de la «biscouette», une passe démesurée. Un phénomène? On n'aime pas lâcher ce mot. Mais il y avait bien de cela. Une «bête de rugby» comme on dit une «bête de théâtre». On n'a plus idée aujourd'hui, sur les terrains quadrillés par Raoul Barrière ou Dicky Jeeps comme des champs de mines, et où un 3e ligne australien vous remonte à la course un bon ouvreur bayonnais, où tel pilier de Bègles court le 30 mètres en 5 secondes, ce que pouvait être un type comme ça lâché sur l'herbe. Gareth Edwards lui-même n'a pas retrouvé cette ubiquité triomphante. Jean Dauger peut-être dans les années quarante? John Kirwan aujourd'hui? «Maxou» reste unique. Vers la fin de sa vie, après être «passé au XIII», il déambulait, sarcastique, à travers le monde du rugby, allant donner à Albaladejo une leçon de coup de pied au but, et lançant à Boniface : «Travaille tes abdominaux. Tout est là, fiston...» Son nom a été donné à une voie très modeste de sa ville natale, longeant le stade. Pourquoi pas celui d'une avenue plus vaste? Le conseil municipal aurait jugé que, pour cela, sa vie n'était pas assez exemplaire. Celle de Mr Thiers le fut-elle davantage? Le premier de nos présidents donna moins de plaisir à ses concitoyens, et, oserai-je le dire, à ses concitoyennes...

Les «Boni»

Le nom des frères Boniface figurera bien sûr, plus tard sur une plaque de Montfort-en-Chalosse. En attendant celui de Guy, tué sur la route le soir de Noël 1966, a été donné au stade qui jouxte leur maison natale. A son livre sur le rugby, Christian Pociello a donné pour titre *La Guerre des styles*. En ce combat, André Boniface s'est proclamé paladin d'un «style» de jeu que l'on dit d'«attaque», ou «à la main» – comme si ceux qu'on appelle les joueurs «de devoir», qui poussent en mêlée et «déménagent les pianos», ne se servaient pas de leurs mains pour confier le ballon aux perceurs de murailles.

La presse britannique admirait tant les «Boni», qu'elle les appelait les «gais cavaliers». Jamais ils ne le furent mieux, à mes yeux, qu'un certain jour de mars 1965, à Colombes. Pour faire face aux Pays de Galles, les sélectionneurs français avaient bien placé Guy au centre de la ligne de 3/4, ignorant (non, excluant) André, le maître à jouer. Autant couper dans *Roméo*, le rôle de Juliette.

Il avait fallu que la blessure du titulaire les contraignit à rappeler André, au titre de «remplaçant»! Bref, les deux «cavaliers» étaient bien côte à côte, fous de bonheur et d'esprit d'entreprise, et le firent bien voir : et les Gallois aimaient tellement ce que faisaient nos Landais qu'ils en oublièrent de jouer, encaissant 25 points avant la mi-temps... Quand l'aîné des Boniface parle de ce 20 mars 1965 où culmina son talent après quinze ans d'une grande carrière, lui, si volubile, si assuré et habile à disséquer le jeu, il se contente de dire «il faisait beau...». Très beau en effet.

Guy Boniface, dans France-Galles, en mars 1965.

A gauche, Max Rousié en 1942 serrant la main du ministre des sports. Ci-dessus, en «treiziste», en 1935.

Mais ce cavalier est assez hardi pour suggérer qu'il faisait beau aussi à Christchurch, en Nouvelle-Zélande, le jour où, dans la tempête, il entraîna le XV tricolore à jouer le jeu alors fou de l'attaque contre les All Blacks invincibles dans la boue, et «prit» 33 points sans en marquer beaucoup. «Je n'ai jamais si bien joué», murmure-t-il songeur. Car le rugby est un jeu qui peut être très beau sous la pluie, et même dans la défaite...

Gachassin la truite

Il y a les truites et les béliers. Ceux qui se glissent, et ceux qui bousculent. Lui, c'est la truite du torrent – du gave, comme on dit dans ses Pyrénées natales : Jean Gachassin, 1,63 m, 64 kg. Nez long, teint mat, œil de soie noire, accent à l'ail, sourire en biais : on pense à Pasquin, à l'Intimé des *Plaideurs* (il est huissier de son état).

Il entrait sur le terrain de l'allure d'un personnage de dessin animé, le ballon très haut sur la poitrine, les jambes un peu raides dans la course : ne pas perdre un centimètre... Mais sitôt que le jeu s'animait, le petit homme – que mon ami Denis Lalanne baptisa joliment Peter Pan –, était porté par un génie railleur et percutant qui donnait à ses cinq douzaines de kilos d'étranges pouvoirs. On voyait, contre ce silex, basculer des colosses gallois que l'on n'extrait de l'ombre austère de la mine que pour les plonger dans les ténèbres arides de la mêlée. Et quand il jaillissait du paquet, rasant l'herbe, blaze au vent, les tribunes de Twickenham haletaient sourdement.

Un soir, dans un pub d'Edimbourg où nous prenions un verre plusieurs années après que notre truite eut cessé de jouer, un vieil Ecossais amorça une discussion avec lui et soudain, frappé par la pertinence d'une de ses remarques, lui demande «mais qui êtes vous? – Jean Gachassin. – Gachassin?» Le vieux bondit, s'absenta cinq minutes et revint, tenant un gosse par la main : «Fiston, tu

pourras désormais dire à tes copains que tu as vu, oui vu, Djine Gachassin!».

On peut avoir pris le parti des truites farceuses et des gais cavaliers, et goûter fort les hercules déménageurs. Comme Jean Gachassin, je tiens Michel Crauste pour un des plus grands joueurs qui aient jamais froissé l'herbe d'un stade; j'aimerais élever une statue à l'Irlandais Willie John Mac Bride, à l'Anglais Andy Ripley, aux fabuleux All Blacks Colin Meads et Ian Kirkpatrick, à l'Ecossais John Jeffrey. Un Paco a pu faire un art de l'aride exercice du talonnage, et Benoît Dauga de la haute cueillette des balles en touche. Mais quel conquérant que Spanghero!

Spanghero le généreux

Ce Walter de granit, avec sa tête de statue de l'île de Pâques, ses mains en forme de grand chistera et son cœur de combattant de la liberté, combien de fois a-t-il imprimé son rythme d'aventurier de haute mer au lourd pack de Narbonne où jouaient parfois à ses côtés trois de ses frères? Combien de fois a-t-il insufflé son énergie de centurion à des tricolores en perdition, ou survolté des matches impossibles?

La dichotomie monotone, si ressassée, entre combattants de devant et artistes de derrière, entre buffles et gazelles (qui m'a inspiré mes plus fâcheux articles), remballons-la une fois pour toutes au magasin des vieilleries : il n'y a pas de contradiction entre lourds et légers, mais évidente complémentarité, et rien n'est plus beau que les mouvements inventés par Mias, réalisés par les avants des Blacks... Walter Spanghero a pulvérisé une fois pour toutes la vieille contradiction, ce rhinocéros aux ailes de libellule, propulsant ses 100 kilos comme une montgolfière au-dessus d'un paysage, galopant en tête de la charge et saisissant dans des formidables paluches – parfois, dans une seule – les ballons les plus pervers...

Quelle santé! dit alors le bon peuple. Quelle gaîté, dirai-je, quelle joie de jouer en prenant tous les risques! En voilà un qui n'a guère parlé à ses compagnons de prudence, ou d'économie. En voilà un en qui aura respiré l'esprit du jeu, d'aventure et d'échange. Je n'ai pas le souvenir de Walter marquant un essai.

Ci-dessus, Spanghero, dans France-Ecosse en 1965; à gauche, Gachassin, dans France-Irlande, en 1964.

Mais de Spanghero posant le ballon dans les mains d'un ami bien lancé à dix mètres du but, oui, beaucoup...

Rives au pluriel

Vous l'auriez rencontré sans savoir qu'il était le capitaine de l'équipe de France de rugby, avec, sous ses mèches d'avoine folle, son teint de bébé Cadum, vous l'auriez pris pour le flûtiste dans un ensemble de musique douce. Et pour peu que vous lui ayez posé quelques questions sur sa vie et ses ambitions, vous l'auriez trouvé si timide que vous lui auriez conseillé de faire

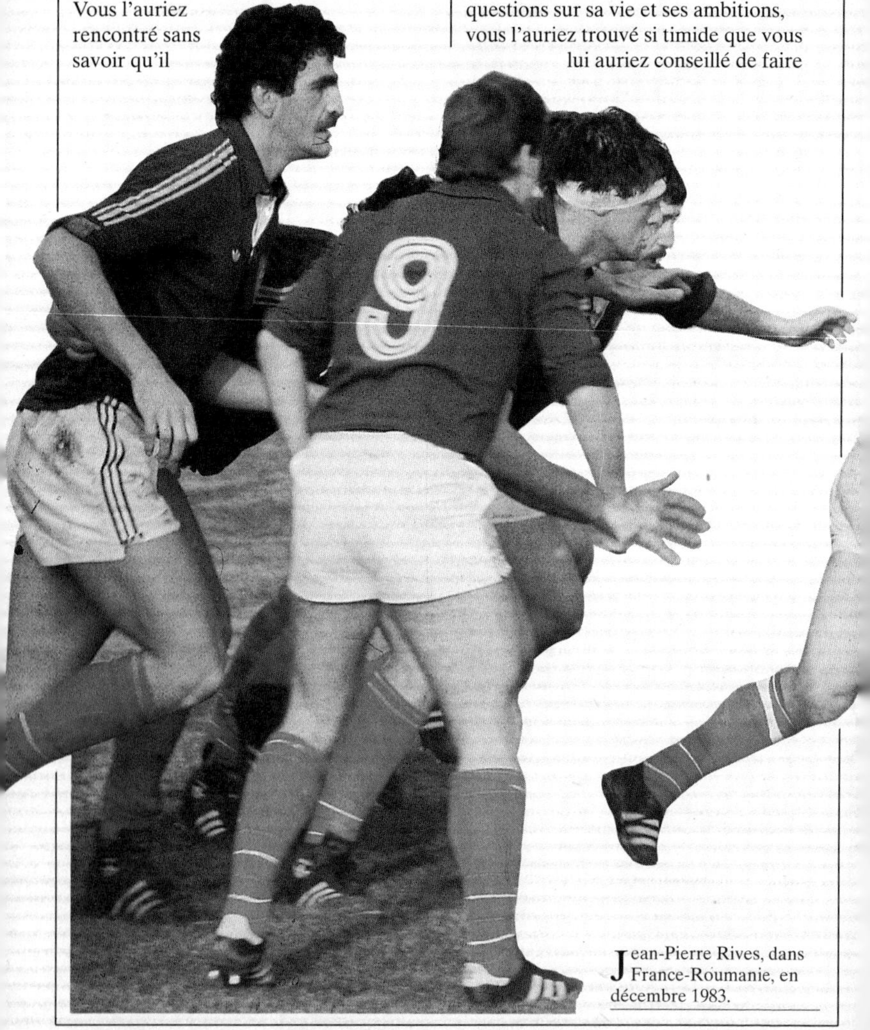

Jean-Pierre Rives, dans France-Roumanie, en décembre 1983.

un peu de sport pour s'aguerrir et prendre confiance en lui.

Le doux, le discret, le timide Jean-Pierre aura vécu un double paradoxe. Propulsé à la tête de l'équipe de France? «Vous n'y pensez pas, moi qui n'ai jamais été capitaine de ma propre vie!» Cet angelot balbutiant se découvrit un tempérament d'entraîneur d'hommes, de «patron» indiscuté à la tête d'une équipe où abondaient les «grandes gueules», et

lui imposait une vision du jeu hérétique aux yeux des puissants messieurs qui règnent au bord de la touche.

Deuxième paradoxe. Tout fameux qu'il soit, Rives n'aura pas été le joueur qu'il aurait voulu devenir. Lui qui ne rêvait que courses vives, ouvertures, attaques en plein champ, une sorte de fatalité l'avait voué au rôle de chien de garde, de défenseur, de «plaqueur». Avec un gabarit modeste pour le rugby moderne – 1,80 m, 83 kg – un peu léger pour un avant, pas assez rapide pour un trois-quarts centre, il s'est trouvé condamné à un rôle plus négatif qu'il n'avait souhaité. On se rêve pur-sang au galop, on se retrouve un lasso à la main...

Mais promu cinq années durant chef de file du rugby français, notre Toulousain doré aura pu réaliser son ambition, au collectif. Le galopeur de ses rêves, ce n'est pas lui qui l'est devenu, mais l'équipe tricolore, pour quelques matches auxquels il a imprimé sa marque. Son ambition, il l'a multipliée par quinze. Rives est un mot qui s'écrit avec un s. L'histoire de Jean-Pierre à la Toison d'or, c'est une aventure d'argonautes, écrite au pluriel, comme le rugby.

C'est au pluriel aussi qu'il faudrait parler de mes héros d'outre-mer – du grand Gareth Edwards avec sa tête de Byron pirate, incomparable passe-murailles, orchestrateur forcené de la plus belle équipe que j'ai jamais vue jouer, les «diables rouges» gallois de 1975; de mon cher Andy Mulligan qui, derrière la mêlée d'Irlande, jouait comme un cornemuseux face à son rival Pierre Danos, le Bitterois de velours; d'Andy Irvine qui, pendant quelques années, nous donna à penser que l'Ecosse avait pris ses quartiers d'hiver entre l'Adour et la Garonne; de David Duckham enfin, dont la course, au ras de la touche, avait la majesté d'un sacre. Et, dernier en date, la magistral demi de mêlée des Wallabies vainqueurs de la Coupe du Monde, Nick Farr-Jones, en qui André Boniface voit le plus grand joueur de la dernière génération – n'était Serge Blanco-le-magnifique.

Trêve de litanies. Le rugby se joue à quinze...

Jean Lacouture

Fournier, Giraudoux, Mac Orlan et les autres

C'est à la veille de la guerre – qui devait très vite l'emporter – qu'Henri Fournier, qui sous le pseudonyme d'Alain-Fournier signait alors le célèbre «Grand Meaulnes», fonda le Club sportif de la jeunesse littéraire où il attira ses amis du lycée Lakanal, de l'Ecole normale ou d'ailleurs – son beau-frère Jacques Rivière, Jean Giraudoux, Gaston Gallimard, Pierre Mac Orlan. Un vrai chapitre de l'histoire de notre littérature.

Lettre circulaire aux membres du «Club sportif de la jeunesse littéraire»

10 février 1913

Cher Monsieur,

Seize d'entre nous se sont réunis hier et – à la majorité absolue des voix – ont décidé ce qui suit :

1° - Notre Société sportive prendra – provisoirement – le nom de *Club sportif de la jeunesse littéraire.*

2° - Les couleurs du Club seront : Maillot bleu clair à parements blancs, culotte blanche, bas bleu clair, grande ceinture blanche à volonté.

3° - Le Comité est ainsi composé :

- MM. Guinle, Président,
- Chotard, Vice-Président,
- Fournier, Secrétaire,
- Gruel, Trésorier.

4° - Tout membre du Club paiera une cotisation d'entrée de dix francs et une

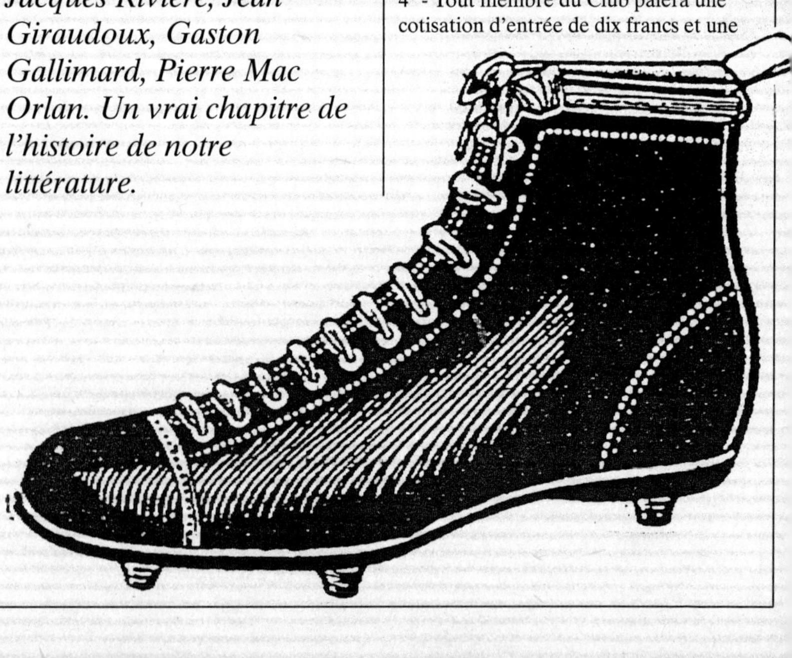

cotisation mensuelle de un franc. Les fournisseurs nous ayant consenti des réductions d'ensemble, la cotisation d'entrée, outre qu'elle couvrira les premiers frais généraux (poteaux, ballons, etc.) donnera droit à l'équipement complet du joueur (sauf les souliers *ad lib.*, et les bas qui devront être bleu clair).

5° - Notre première partie d'entraînement aura lieu sur le terrain de Bagatelle, dimanche prochain, 16 février. *Rendez-vous à dix heures moins le quart du matin, à la Station du Pont de Puteaux (Tramway de Maillot).*

Chaque membre du Club trouvera sur le terrain tout ce qui lui sera nécessaire pour prendre part au jeu.

6° - La cotisation (10 + 1 = 11) devra être envoyée avant vendredi prochain 14 février, à M. Victor Gruel, Trésorier, 77 rue Blanche, Paris.

Pour ceux des sociétaires qui achèteraient eux-mêmes leur équipement la cotisation d'entrée est fixée à 5 francs + 1 = 6 francs.

Nous espérons, cher Monsieur, que vous serez bientôt des nôtres et nous vous prions d'agréer l'assurance de nos meilleurs sentiments.

Le Secrétaire, H. A.-Fournier

Vu et approuvé :
Frantz de Galais
Augustin Meaulnes

Lettre d'Alain-Fournier à Giraudoux

Alain-Fournier a ainsi dédicacé à Giraudoux «Le Grand Meaulnes» : «A Jean Giraudoux, trois-quarts inégal mais parfait écrivain..»

3 juin 1913

Cher ami,

Le quinze littéraire a son tennis au bord du Parc Montsouris. Il y a Gallimard, Rivière, Perier, Guinle, etc., etc. La cotisation est raisonnable. Les «ménages» ne paient qu'une cotisation. Pour tous renseignements, s'adresser à J.-G. Tronche, administrateur de la *N.R.F.* Et lui envoyer d'urgence votre adhésion, car nous commençons à jouer cette semaine, *un après-midi* et *un matin* par semaine.

A bientôt cher ami
Votre amicalement,

H. A.-Fournier

Lettre d'Alain-Fournier à Mac Orlan

6 novembre 1913

Cher Monsieur,

Notre première séance de rugby aura lieu dimanche 9 novembre à 9 heures et demie à la Croix de Berny (Tennis du

PUC). Nous partirons à 9 h de la gare du Luxembourg. Nous comptons beaucoup sur vous.

Votre cordialement
H. Alain-Fournier
secrétaire du PUC littéraire

En cas de grande pluie la réunion sera reportée sans autre avis au dimanche suivant.
Note : Maillot noir*; culotte blanche; souliers à volonté. (*A la place du «bleu clair» prescrit précédemment.)

Ces lettres sont extraites de *Lettres à sa famille et à quelques autres,* d'Alain-Fournier (éditées par Jacques Rivière), Fayard, 1991.

Giraudoux

L'équipe de rugby prévoit, sur quinze joueurs, huit joueurs forts et actifs, deux légers et rusés, quatre grands et rapides, et un dernier, modèle de flegme et de sang-froid. C'est la proportion idéale entre les hommes. [...]

J'aime savoir, le jeudi après-midi, quand je rencontre les lycéens qui vont au rugby, qu'ils ont au-dessous de leurs sinistres redingotes des maillots colorés.

Jean Giraudoux,
Le Sport, Hachette, 1928,
repris dans les *Cahiers Jean Giraudoux,*
Grasset, 1977

Mac Orlan

Sylvie était la sœur d'une de mes camarades. Elle fréquentait les lignes de touche, et sa toque en fourrure coiffait gentiment de jolis cheveux blonds, un visage patricien, mille et une grâces que le souvenir attendrit en les associant aux trois hurrahs poussés par les vainqueurs, dans le crépuscule des nuits d'hiver et de fin de match dans la boue piétinée.

A la maison, chez mes parents, l'enthousiasme pour mon habileté de «demi» jouant à l'ouverture, n'obtenait qu'une consécration extrêmement limitée. Sylvie n'était plus là pour me réconforter.

[...] le rugby, en nous éloignant des femmes et, par conséquent, des allures «bambocheuses» des sportsmen de la Grenouillère, nous laissait assez d'imagination pour honorer Sylvie, sur la ligne de touche, d'une exaltation subite de toute notre énergie d'adolescent.

Pour cette raison, le «jeu» a peut-être préparé toute une génération de jeunes gens à garder la pudeur de leurs émotions et, pour ainsi, éviter de lasser littérairement les gens de goût avec les pauvres émois d'une vie sentimentale dont il est permis aux intelligences les moins nobles de tenter l'infortune.

Les quatre-vingts minutes jouées, nous tordions nos jerseys près du vestiaire caché par les fusains. Quelques filles curieuses montraient des frimousses de collégiennes entre les fûts argentés des bouleaux et les baguettes grises des lilas effeuillés.

Pour tous, c'était une fin de journée pleine de force. La sueur ruisselait sur nos fronts. Entre les arbres minces, les silhouettes des parents défilaient vers la sortie du terrain subitement mort, où nous avions laissé un peu de notre âme ardente dont il nous plaisait de reconnaître les troubles par une compréhension plus subtile du jeu.

Et pourtant le «trois quarts» cueillant entre ses mains adroites le ballon servi de main en main, ne dédiait pas sa course rapide aux regards de Sylvie. A seize ans, nous savions nous discipliner et, malgré la douceur malicieuse de deux beaux yeux de petite bourgeoise, nous savions mener la partie pour l'équipe.

Mais chacun pouvait reconnaître, en songeant, la valeur de ce renoncement.

Le soir, autour de la table où fumait le thé dans des porcelaines parfois très anciennes, nos grandes sœurs et les amies de nos grandes sœurs colportaient notre gloire... Parce que, malgré tout, un joueur de rugby est quelqu'un de plus mystérieux et de plus distingué qu'un joueur de barres, en bras de chemise, craintif, pour avoir marqué, dans une chute, les genoux de son pantalon.

Ces petites sentaient confusément que les jeunes hommes équipés à l'anglaise et attentifs aux coups de sifflet de l'arbitre, n'étaient plus, du moins pour quatre-vingts minutes, sous le contrôle de leurs parents. Les filles, même bourgeoises, ont une inclination pour ceux qui savent atteindre à une liberté qu'elles ne désirent pas pour elles-mêmes.

Aujourd'hui encore, quand je pénètre sur un terrain de rugby, une étrange émotion me prend à la gorge.

Pierre Mac Orlan,
La Clique du café brebis,
Renaissance du Livre, 1918.

Gloire à Bordeaux

Immortalisé par Toulouse-Lautrec sur la piste du vélodrome de Buffalo, Tristan Bernard aimait tous les sports, partageant la rubrique spécialisée de la «Revue blanche» avec son ami Léon Blum. S'il goûtait surtout le vélocipède et ses champions, il savait trouver d'âpres voluptés dans les orages du rugby. Est-ce sa barbe qui le retint de s'aventurer sur l'herbe des stades? Ou un bedon précoce? Le fait est que ses chroniques de «L'Auto», le quotidien sportif fondé au début du siècle par Henri Desgranges, auquel Lucien Dubech donnait de brillantes critiques, traitent volontiers du jeu à XV, dans un esprit allègre et fraternel. Si le jeu n'avait eu que des mentors comme lui...

A droite, Maurice Bruneau, capitaine du Stade bordelais en 1911, surnommé le «D'Artagnan du sport».

Nous avons passé, il y a huit jours, à Colombes, une après-midi admirable. Je suis un profane, en matière de rugby et de bien d'autres sports. Mais j'ai, je dois le dire, un certain «flair des compétences»...

Stade bordetais U. C. (Equipe première) 1908

Je sais reconnaître les fines gueules.[…]

D'après [...] la majorité des opinions que j'ai récoltées, il me semble que le Stade Français nous a montré une des meilleures parties qu'ait jouées une équipe française. C'est pour cette raison que j'intitule cet article : Gloire à Bordeaux!

Si les Bordelais n'avaient pas, depuis deux mois, un peu exagéré leur arrogance, le Stade Français ne se serait pas piqué au jeu. Il n'aurait pas donné depuis quelques semaines ce bel effort d'entraînement soigneux et patient qui lui a assuré la victoire.

L'attitude de ses adversaires, de ses rivaux depuis longtemps heureux, l'a stimulé considérablement. Les Bordelais ont été les entraîneurs moraux des Parisiens. C'est de la bonne émulation, c'est du sport.

Les Stadistes de Paris avaient l'avantage de la seconde position, si appréciée dans les matches de cyclistes. Ils «remontaient» leurs adversaires. Mais cet avantage ne leur avait pas donné la victoire en 1904, 1905, 1906 et 1907. Il a fallu cette année autre chose pour triompher, il leur a fallu de la qualité, de la vraie qualité, et c'est ce que les Bordelais ont très bien su reconnaître. Car, il faut le constater, ils ont été très chic dans leur défaite. [...]

Non, les Bordelais ont déclaré que le meilleur a gagné. Et Maurice Martin l'a dit lui-même, comme Maurice Martin devait le dire.

Il est quelque chose de plus qu'un apôtre, notre Maurice Martin, que Bordeaux détient, comme un challenge imperdable, mais que toute la France sportive revendique.[...] C'est du Sud-Ouest que nous vint la lumière...

Tristan Bernard,
dans *L'Auto,*
13 avril 1906

Plume et «Plouck»

Tué en 1944 dans le maquis alpin qu'il avait rejoint pour combattre les occupants nazis les armes à la main, Jean Prévost était l'un des écrivains les plus doués de sa génération. Son essai sur Stendhal et ses traductions de Lorca restent des modèles qu'admiraient Gide et Malraux. Il aimait et pratiquait tous les sports – mais avant tout le rugby, où sa carrure d'athlète et sa vivacité faisaient merveille. Alexandre Arnoux, l'un des premiers écrivains à avoir écrit régulièrement pour le cinéma, délicieux conteur, prisait la fantaisie ludique du ballon ovoïde.

Peser les adversaires

Ils arrivent sur le terrain, de ce trot un peu haut que poussent les crampons, et chacun des joueurs se sent mieux de l'équipe en apercevant l'autre équipe. Leurs pieds d'abord tâtent le terrain et le trouvent lourd, leurs poumons tâtent l'air et le trouvent accueillant; ils tâtent la foule des yeux et des oreilles, et y trouvent remplaçants et copains, ce petit morceau de sympathie qui encourage ou console. Puis ils regardent les adversaires dont les masses sont visibles sous les maillots blancs collants et les culottes bien lavées; leur vraie puissance se devine mieux aux encolures et aux

genoux qui restent nus. En retour, ils se cherchent et s'attendent eux-mêmes, en souhaitant de ne pas trop s'émouvoir; chacun alors désire que les deux jambes qu'il commande soient assez bonnes pour l'équipe, que l'habileté de ses mains et de sa botte suffise et s'adapte à l'équipe. Chacun cherche l'adresse de ses poignets et de ses paumes; les bons défenseurs s'imaginent l'ovale du ballon au creux du pied. On se tourne enfin vers les plus beaux espoirs, vers la souplesse du trois-quarts centre qui est capitaine et s'avive déjà. Là-bas surtout tâtent le terrain, comme des pattes d'araignée, les jambes anguleuses et brusques du trois-quarts aile, qui sont les meilleures de l'équipe. Ainsi, pendant qu'on tire au sort le terrain, l'équipe se réchauffe et se protège de ses souvenirs et de sa légende familière.

On place enfin la balle au centre, et se dessinent la ligne lourde des avants, la ligne claire et manœuvrière des trois-quarts. Ils se voient de plus près : les lignes arrières flairent le combat; les avants flairent la lutte et le travail, et ceux-là n'observent pas seulement leurs adversaires, ils les pèsent.

Jean Prévost
Plaisirs des sports, essais sur le corps humain
Gallimard, 1925.

Mémoires d'un ballon

«Qui m'a connu, murmurait Plouck, qui m'a compris? Personne. Et moi-même, je ne me connais, je ne me comprends qu'en ce jour de ténèbres, au fond du placard, quand mes souvenirs poussifs forcent les coutures de mes côtes. La pompe, jadis, me remplissait d'un air touffu, empressé; je contenais plus de ciel que mon gabarit n'aurait pu le laisser croire; le vent briguait l'honneur de pénétrer en moi, se tassait molécule à molécule et se serrait les coudes pour m'habiter. Savais-je alors apprécier toute ma gloire? Un chant national éclatait

d'abord, étranger, puis un second, le mien. Quinze garçons entraient d'un côté, quinze de l'autre, et l'arbitre gris au milieu des deux équipes de couleur. On me plaçait à terre, au centre du terrain, au croisement des diagonales du rectangle tracé à la chaux sur la prairie, à égale distance des touches marquées de fanions et des lignes de vingt-deux mètres où commencent pour les uns l'angoisse de la défense et la résolution de désespoir, le jeu fermé, soudé au terrain, pour les autres, la furie d'attaque, l'ouverture véhémente, le débordement par les ailes, le vol des grands trois-quarts mécaniques, à ressort, dont le bras droit fauche la brise, dont le gauche me maintient contre un cœur que j'amplifie, à égale distance des buts, des poteaux debout, avec leur barre transversale, qui dessinent le double signe, partie mystique de quinze hommes, leur part de ciel d'hiver qu'il faut garder intacte, désir de quinze hommes, leur part de ciel d'hiver qu'il faut forcer. Et moi, je suis là. Ces jarrets, ces yeux, ces poumons, ces vitesses, ces poids, ces mêlées en carapace où fument les reins, ces déploiements, ces dispersions, ces courses en ligne et en ciseaux travaillent à ma conquête, travaillent pour moi, l'ovale, le prince capricieux, celui qui n'épouse pas la terre, à qui tout est tremplin, lancée, bondissement. Oh! la prodigieuse journée! Autour du rectangle de jeu et de bataille s'éploie le rectangle de peuple spectateur, participant par la vocifération, l'applaudissement et l'injure, le peuple bavard et noir des tribunes et des touches. Trente hommes aux genoux nus, aux membres libres, dix mille aux genoux couverts de drap, aux torses prisonniers, tous assemblés à ma dévotion, à la vénération du pur ovale, qu'on ne touche que selon des règles, des rites. Moi seul compte ici. Qu'on me passe, me botte ou me dribble, que je sois terrestre, aérien ou morceau d'athlète emporté, j'imprime leur direction à tous les regards, à tous les muscles, à l'avant qui me suit, au demi qui me brusque, au trois-quarts qui me ravit, charge, croche, et ne m'abandonne que lorsqu'il bascule, pris aux cuisses, à l'arrière qui m'attend, arqué, anxieux, mains aux hanches, à l'arbitre qui me défend de la fraude, au peuple étagé des gradins qui ne quitte pas dc la vue, ni de l'âme, mon parcours brisé. Je suis l'hostie volante, partagée entre deux tabernacles. Je dirige les têtes de la tribu immobile et leur rotation; je hausse ces corps sur la plante des pieds et les tire à

moi quand je m'élève. Le drapeau de touche salue ma trajectoire; quand la mêlée me dérobe, il n'y a plus de souffle sur la prairie. Et quel cri unanime lorsque je franchis d'une courbe majestueuse, plus alanguie et plus pompeuse en son sommet, la barre transversale, entre les poteaux de but, pareil à un soleil oblong qui domine le cercle de fumées, de collines, de bois sans feuilles. Moi, moi, il n'y a que moi, servi par trente prêtres bien entraînés, aux prières puissantes et décisives, par un gardien sifflant de l'intégrité des dogmes, et bruyamment adoré par dix mille esclaves noirs que maintiennent des barrières. Il n'y a que moi… il n'y avait que moi, hélas… Malheur! les dieux vieillissent et perdent la divinité par les trous de leur cuir; tant d'honorables coups de brodequins exaltent jusqu'au firmament et finissent par lancer dans un placard en compagnie d'un chronomètre paralytique et de souliers à pointes édentées. Cependant il existe encore, sans doute, des prairies, des foules aimantées sur une balle, des garçons aux longs fémurs et aux poitrines riches sous les maillots bariolés, des rectangles populeux déformés par les poussées du délire, des orbes qui coupent la respiration de dix mille poitrines et bloquent dix mille cœurs. Mais Plouck, qui se souvient de Plouck? Maudit soit un univers où la majesté n'est pas durable, où l'ovale bombé s'aplatit, où la gloire a pour tombeau un placard! Maudit, sept fois maudit! Tout est promesse de cendre, enfantement de pourriture. Ils ne savent pas; ils courent, ils s'agitent, ils sont hors-jeu… Pourquoi le créateur ne siffle-t-il pas l'arrêt de la partie? C'est un mauvais arbitre, un arbitre aveugle et vendu… Oh! Ah! Maudit.»

Plouck se traîna jusqu'au coin le plus sombre, frétilla un peu, comme une limande à sec; il lui sembla qu'une mêlée de masse énorme s'effondrait sur lui, une mêlée accablante dont nul talonneur, nul demi ne le tirerait jamais; il eut un sursaut encore; il revit des poteaux, de l'herbe, l'équipe en formation d'attaque, un déplacement sur l'aile, une charge oblique dans les bras d'un garçon aux bielles actives, une passe rectiligne et sèche, à hauteur de bas-ventre, en pleine course; il entendit la clameur, la clameur vaste, il sentit contre son abdomen l'épiderme de la terre… Alors l'aiguille du chronomètre bougea d'un cinquième de seconde, puis s'arrêta. L'éternité commençait.

Alexandre Arnoux,
Suite variée,
Grasset, 1925

Mémoires de joueurs

Emile Lesieur est mort dans sa centième année en 1984. Il avait été l'un de nos premiers internationaux, le premier Français à marquer un essai aux Britanniques, en 1906. Soixante-quinze ans plus tard, il m'accordait une interview pour «Le Monde», y exprimant la plus savoureuse joie de vivre. Le nom d'Adolphe Jauréguy est plus fameux. Une vingtaine d'années après Lesieur, il fut un incomparable ailier, un symbole du rugby basque et le joueur français le plus respecté par les Britanniques.

La joie par le rugby

Droit comme un «I». Sec comme un placage de Michel Crauste, la mèche blanche plus abondante et soyeuse que celle d'Arturo Toscanini à son âge, l'œil rieur et le teint fleuri, point grand, la voix douce, Emile Lesieur est l'homme qui peut dire d'un trait : «Je suis le premier Français à avoir marqué un essai à une équipe britannique de football-rugby : c'était le 22 mars 1906...» Oui, en 1906, l'année de la réhabilitation du capitaine Dreyfus, l'année où un politicien d'avenir nommé Georges Clemenceau s'apprêtait à devenir enfin chef du gouvernement de la République, l'année où les bolcheviques étaient exilés par Nicolas II, l'année où Maurice Barrès entrait à l'Académie française.

Les héros de 1906 ne courent pas les rues. Encore moins les stades. Mais lui, on le voit encore au Parc des Princes les jours de Tournoi des Cinq Nations, ou à Roland-Garros, qu'il a créé, les jours de finale des championnats, joyeux, disert et se «tapant» son «baby-scotch» comme au

temps où il était le manager des ballets du marquis de Cuevas, ou qu'il boursicotait nonchalamment entre deux records de France du 100 mètres. Qui nous dit que la vie est une vallée de larmes? Pour Emile Lesieur, né à Paris en septembre 1885 […], la vie aura été une pelouse au soleil, peuplée d'athlètes gais et de filles jolies.

«Parisien? Oui, d'origine bourgeoise. C'est au collège Sainte-Barbe à la fin du siècle dernier, que j'ai commencé à pratiquer le sport. On disait alors «exercices physiques»… J'y étais encouragé par un médecin qui avait conseillé à mes parents de tenter de rétablir ma santé fragile en me mettant dans une institution au grand air. Sainte-Barbe était situé à Fontenay-aux-Roses. Il y avait une pelouse. J'avais commencé par la course à pied, le plus simple. J'étais doué. Je l'ai d'ailleurs toujours été pour toutes les formes d'exercice physique, battant les records de vitesse, marquant des essais, bon fusil et bon golfeur : c'est ainsi, je n'y ai aucun mérite. Bref, j'ai vite surmonté mon handicap de santé, au point que mon bulletin portait cette appréciation : intelligent, mais préfère le gazon à l'étude…

– Pratiquiez-vous le rugby selon les règles qui ont cours aujourd'hui?

– Pas du tout. Nous avons commencé par jouer à la barrette. On avait un petit ballon de forme oblongue, mais le jeu ressemblait aux «barres» autant qu'au rugby. Il était interdit de plaquer. Il suffisait de toucher l'adversaire pour lui faire perdre la balle. Il y fallait plus d'agilité que de puissance. C'est de là que sont venues l'adresse et la vitesse de beaucoup de nos joueurs.

– Le jeu était essentiellement pratiqué par des jeunes gens issus des classes bourgeoises?

– Oui. Tout à fait ce qu'on peut appeler les milieux dirigeants, les cadres. Il y avait cinq polytechniciens dans la première équipe du Stade français dont j'ai fait partie, et mon trois-quarts centre, Jacques Dedet, était interne des hôpitaux. Oh! non, ce n'était pas un jeu prolétarien, en ce temps-là.

– Avez-vous débuté très jeune dans le rugby de haute compétition, après Sainte-Barbe?

– A dix-sept ans. J'étais ailier en équipe première du Stade français. Dès mes premiers matches, j'ai été remarqué par la presse parisienne. *L'Auto*, notamment, disait du bien de moi. Quand nous sommes allés jouer à Toulouse pour la première fois, les types en béret ont commencé à me regarder avec attention. Puis ils ont rigolé et ont dit : «Beh! si c'est ça, Lesieur, ce gringalet, on n'a pas à s'en faire!» Alors je leur ai marqué deux essais.

– Quatre ans plus tard, vous êtes sélectionné en équipe de France. C'est contre les All Blacks ou contre l'Angleterre que vous avez débuté?

– Contre l'Angleterre. Je n'étais pas de la toute première équipe, balayée par les Néo-Zélandais avec trente points d'écart. Remarquez que nous, on en a pris vingt-sept… C'était au Parc des Princes. Le prince de Galles était présent. Un monde fou : peut-être dix mille personnes, ça paraissait énorme à l'époque. Les Anglais jouaient beaucoup plus groupés que nous. Il fallait plaquer tout le temps. Le premier de nos deux essais a été marqué par Alan Muhr : il était américain, et d'ailleurs sélectionneur – ce qui fait qu'il ne s'oubliait pas! C'est moi qui ai marqué l'essai suivant, le premier infligé à une équipe anglaise par un Français. Alors on a mené à la marque. Et puis, juste après, sur placage, j'ai été mis knock-out. J'ai passé près d'une heure dans le cirage. Quand j'ai repris mes esprits, j'ai regardé le tableau d'affichage : 35-8. Je n'y croyais pas! Mais les Anglais m'ont porté en triomphe… Quelle journée!

– Combien de fois avez-vous joué en équipe de France?

– J'ai été douze fois sélectionné. Mais la dernière fois je n'ai pas joué. On m'avait refusé un essai pour un prétendu en-avant, à Swansea, avec une telle mauvaise foi que j'ai refusé de jouer avec des gens comme ça. Mais que ces Gallois étaient forts! C'est peut-être leur plus grande époque : des joueurs fabuleux, comme Bancroft et Roe. L'arrêt de ma carrière internationale ne fut pas dû seulement à ce mouvement d'humeur. Les sélectionneurs et les dirigeants m'avaient à l'œil. Chaque fois qu'on allait jouer en Grande-Bretagne, je m'éclipsais à l'escale à Londres, où une petite amie m'attendait. Ça faisait rigoler les copains, pas les dirigeants.
Remarquez que je me débrouillais toujours pour être à l'heure dans les vestiaires.

– Ces extras ne nuisaient-ils pas à votre forme?

– Pas du tout. Pour une course de 100 mètres, où il faut «exploser» dès le départ, je ne dis pas. Mais pour le rugby, moi qui suis hypernerveux, ça me faisait du bien.

– Le jeu de ce temps-là ressemblait-il à celui d'aujourd'hui?

– Oui et non. Les avants ne jouaient pas du tout comme maintenant. Ils étaient très peu mobiles. Ils entraient en mêlées et en touches, et puis, le ballon sorti, c'était aux lignes arrière de s'en servir. Remarquez, il y avait des exceptions : un type comme Communeau, l'un des premiers capitaines de l'équipe, major de Centrale, aurait été un grand joueur à toutes les époques. Mais pour nous, les gazelles, il était beaucoup plus facile de nous balader balle en main qu'aujourd'hui. […]

– Après avoir été joueur de rugby, vous êtes devenu dirigeant?

– Pas dirigeant. Je n'ai jamais voulu l'être, ni sélectionneur. Mais président du Stade français, oui, et pendant près de vingt ans, de 1927 à 1944. La Faisanderie! Tout ce que nous y avons fait… Et puis il y a eu la création du stade Roland-Garros, auquel j'ai donné ce nom en souvenir de mon ami. C'est avec notre garantie personnelle, à René Gillou et à moi, qu'il a pu être bâti.[…]

– De tous les joueurs avec lesquels vous avez joué, et que vous avez vus, qui vous a laissé le plus grand souvenir?

– De mon temps, Fernand Forgues, à coup sûr. Il était magnifique. C'est lui qui a créé l'école bayonnaise, qui a transformé le jeu : c'est alors qu'on a vu les quinze joueurs jouer vraiment avec le ballon… Après lui, je retiendrai surtout un garçon comme Jauréguy, qui avait une classe incomparable. C'était vraiment un grand seigneur du rugby. Plus récemment, le joueur que j'ai le plus apprécié, c'est Richard Astre, le demi de mêlée de Béziers. Il avait compris
mieux que personne que tout le jeu de rugby est fondé sur le contre-pied. Quel coup d'œil! Il est vrai qu'il jouait derrière un fameux paquet d'avants…

– L'évolution du jeu, les brutalités, le professionnalisme camouflé, vous gênent-ils beaucoup?

– Bien sûr. C'est pour cela qu'en 1930, à la tête du Stade français, j'ai pris la décision de retirer mon club du championnat, qui défigurait le jeu, ne serait-ce que face aux Britanniques. Le jeu dur, il y en a toujours eu. Mais il faut lutter contre. Quant à payer les joueurs, c'est vrai que depuis que ce ne sont plus

des bourgeois comme nous qui tiennent le haut du pavé, c'est difficile à éviter. Mais c'est inadmissible. Qu'est-ce qu'un jeu où l'on triche?

propos recueillis par J. Lacouture, dans *Le Monde hebdomadaire*, 2 mars 1980

«Sur les bords de la Garonne»

Il n'y a pas de maladies, prétendent les médecins, il y a des malades : la fièvre du rugby n'évolue pas sous le ciel toulousain comme sur les bords de la Tamise ou de la Seine. Le soleil du midi aidant, les piqués du ballon ovale des rives lumineuses de la Garonne, présentent à l'observateur jovial la plus aimable collection d'intoxiqués frais et hilares.

Dirigeants d'un dévouement sans limites, vivant pour le triomphe de l'équipe dont ils surveillent le destin. Ces braves gens – pour débonnaires et timides qu'ils soient en dehors du rugby – deviennent des forbans, des flibustiers et des corsaires dès qu'il s'agit du gain d'un match! Public en or, quand l'équipe locale gagne. Si elle perd? Ma foi, si elle perd, le public s'agite et vocifère, c'est le chœur antique des frénétiques lamentations, et l'arbitre n'est pas à la noce. Bien fait pour lui!

Et les joueurs! Ah! les joueurs de mon cher Toulouse! Il ne sera pas dit que je ne blaguerai pas un peu les plus célèbres. Je veux les arranger à ma façon, comme les dirigeants, comme le public. Pas de jaloux! Tous à la casserole, tous dans la sauce, et comptez sur moi pour le sel et le poivre! Après avoir écrit les aventures de Tartarin, il paraît que le bon Daudet faisait chaque fois un détour quand il allait de Lyon à Marseille. Il ne passait jamais par Tarascon! Les féroces Tarasconnais avaient juré de le scalper!...

Je ne tremble pas comme lui et j'irai à Toulouse, dès mes prochaines vacances deux fois plutôt qu'une! Je les entends, mes chers Toulousains!...

– Sacré Jauréguy! Tu t'es bien payé notre tête! Tu les fais rire à nos dépens, les badauds de la capitale! Viens avec nous, mauvais sujet! Tous au café de la Comédie! C'est notre Adolphe qui régale! Il nous doit bien ça, l'animal!...

Les spectateurs, d'abord. Je trouve qu'ils se donnent autant de mouvement et de fatigue dans les tribunes, que les joueurs sur le terrain. Ils gesticulent comme des damnés et se font mal à la gorge, à force de crier d'horreur ou d'enthousiasme. Le seul spectateur impassible que j'aie connu, c'était Mme Bompard. Elle restait immobile, les yeux rêveurs, ses jambes généreusement écartées sur les plus beaux dessous du monde; des roses, des mauves tendres, des rouges vifs, les couleurs du Stade Toulousain. Mais son mari, à côté d'elle!... Ses cris dominaient tous les autres cris! Ses gestes véhéments faisaient paraître étriqués tous les autres

Jauréguy passe la balle au capitaine irlandais Stephenson, dans France-Irlande en 1929.

gestes! Si son voisin se plaignait d'un coup de pied involontaire, d'un coup de poing exubérant : «Hé, biet d'aze, je joue!» répondait M. Bompard.

Ce brave quinquagénaire ne jurait que par moi. A l'en croire, j'étais le plus grand homme de Toulouse, j'eusse mérité une statue de mon vivant, en pleine place du Capitole. Tout le monde n'était pas de son avis! Témoin le vieux paysan qui osa me dire un jour ce qu'il fallait penser de moi!...

Le Stade Toulousain jouait contre les Cadets de Gascogne, à Casteljaloux. C'était l'un des derniers matches d'une saison très chargée et très pénible et je revenais d'Ecosse, tout courbaturé. J'avais eu affaire, là-bas, à trois gigantesques gaillards que leur capitaine avait chargés de s'occuper uniquement de moi, pendant toute la partie [...].

Aussi, m'adressant à Bordes, devant le public de Casteljaloux :
– Ces braves gens sont très gentils, mais ils tombent mal s'ils veulent voir des étincelles! Nous marquerons deux ou trois essais, au début, et puis, si tu veux me croire, nous laisserons tomber.
– Tu as bien raison, répondit Borde. Ainsi, tout le monde sera content : les spectateurs, parce qu'ils auront vu deux ou trois essais, l'équipe de Casteljaloux, qui aura tenu la dragée haute au Stade Toulousain, et surtout les internationaux Bordes et Jauréguy, qui se reposeront un peu, et ça ne sera pas dommage!...

La partie commence, nous marquons chacun notre essai et puis nous nous agitons juste assez pour ne pas être transis de froid.

Mais, à peine au vestiaire, je reçois une visite : un vieux petit paysan, coiffé d'un ample béret bleu, armé d'un grand fouet de roulier. Il me toise de bas en haut et, négligeant de se présenter :
– Jauréguy, c'est vous?
– Mais oui, c'est moi.
– Eh bien, reprend le vieux, vous êtes frais!...

Alors c'est vous, Jauréguy, ce Jauréguy dont on parle tant, dans *La Dépêche de Toulouse*. Quand je pense que je suis venu vous voir en voiture de Saint-Marcellin, à soixante kilomètres d'ici! C'était bien la peine! Quand je pense que je fatigue ma jument, qui est pleine, pour voir trotter un carcan comme vous! Voulez-vous que je vous dise? Eh bien! Tout vieux que je suis, je vous ferais la pige, encore, si je jouais au rugby!

Adolphe Jauréguy,
Qui veut jouer avec moi?, Corréa, 1939

Le hussard et les Bleus

Les noces entre Blondin et le sport n'ont produit que de jolis marmots. Le plus brillant de nos «hussards» littéraires des années cinquante vouait aux jeux d'équipe et au cyclisme une passion stimulante, d'où jaillirent d'innombrables articles, scintillants comme le jeu des Boniface. Moins ecléctique, Kléber Haedens avait, pour le rugby, un goût très sûr, entretenu par son ami André Brouat . Quant à Denis Lalanne, ami de l'un et l'autre, il est depuis trente ans dans «L'Equipe», le plus avisé et le plus élégant commentateur d'un jeu où il s'efforce de porter plus d'attention aux gentlemen qu'aux voyous.

Le rugby selon Blondin

Plusieurs millions de Français considèrent aujourd'hui la pratique du ballon ovale comme une spécialité locale et font du résultat d'une partie de rugby leur affaire personnelle, lorsque le prestige tricolore s'y trouve engagé. Au cœur du patrimoine, la tradition de Mias a rejoint le cartésianisme, les taxis de la Marne, le panache blanc d'Henri IV et les cuisses de grenouilles. Le Français a découvert qu'il était sans doute un monsieur décoré, spontanément radical-socialiste, ignorant délibérément la géographie, mais capable malgré tout de marquer un essai entre les poteaux de but adverses, fût-ce en complet-veston. C'est cette image de lui-même dont il attend la confirmation, chaque fois que notre équipe affronte les Anglo-Saxons, ce qui se produit quatre samedis par an, à l'occasion du Tournoi des Cinq Nations, qui oppose la France à l'Ecosse, à l'Angleterre, au Pays de Galles et à l'Irlande, les participants se rendant visite, d'une année sur l'autre, par roulements. [...]

A chacune des vocations physiques correspondent [dans ce jeu] des dispositions morales.

Celles-ci affectent les formes des trois vertus théologales. La Foi appartient aux avants dans leur conquête du ballon. On les voit, têtus, obtus, battre l'air à la touche avant de s'emboutir dans le paquet de la mêlée, où ils tordent de la viande comme on essore du linge, en roulant inlassablement des bras de lavandières en ciment armé.

La Charité vient des demis, qui transmettent la balle par un rapide calcul où l'esprit de finesse s'introduit dans l'esprit de géométrie. On les voit, par le sortilège d'un coup de reins, déployer l'éventail de leurs partenaires, comme d'une gitane qui s'évente, et cette opération, par le fait même, peut ouvrir un trou d'air vertigineux.

L'Espérance, enfin, s'attache à la course des trois quarts, en l'honneur de qui leurs adversaires directs sonnent des hallalis. A mesure que le mouvement se décante, on voit des paires hostiles se former jusqu'à la ligne de but où la dernière s'abat et reste étendue dans un coin du tapis vert, comme un pli ramassé aux cartes, mais l'on ne sait pas encore si la plus forte est en dessus ou en dessous. Néanmoins, le rugby n'est pas un jeu de société : il est le jeu d'une société, qui exige un code d'une complexité extraordinaire afin d'éviter de dégénérer. [...]

Ce jeu est un magnifique creuset pour les passions. Il en jaillit des personnages hauts en couleur. La seule différence est que les Anglais y deviennent pittoresques sans le savoir, tandis que les Français alimentent à la veillée la chronique dorée de ce genre d'exploits et s'enchantent à tisser une intarissable légende.

Quand le superbe abbé Pistre, curé du petit village de Noalhac et dirigeant du Castres Olympique, qui fut ordonné prêtre avec son vieux maillot caché sous sa soutane, monte en chaire pour annoncer «qu'en raison des demi-finales les vêpres seront dites immédiatement après la messe», il répond à sa façon aux excentricités involontaires de quelques *clergymen* britanniques de style flamboyant.

Si taciturne soit-il, quand Jean Prat rallie ses troupes pour la seconde mi-temps d'un France-Angleterre en leur déclarant : «Et maintenant, les gars, pendant quarante minutes, ne pensez plus qu'à Jeanne d'Arc et à tout ce qu'ils nous ont fait!», il rejoint malgré lui la faconde d'un Domenech et les fières apostrophes dont le «Duc» émaille le plus rude du combat. La force au naturel se libère en se colorant.

On peut sourire, prétendre que ces vaines débauches de sentiments seraient mieux employées ailleurs. Il faut certainement à ce sport des vertus intimes – et pas seulement scéniques – pour provoquer chez l'homme ces phénomènes inhabituels de solidarité extérieure, d'oubli de soi-même, d'identification, de participation enfin, au sens mystique du terme.

Plus encore que les triomphes de l'équipe de France, ce climat d'extase privilégié pourrait bien donner une des clefs de l'engouement national pour le rugby. Désireux de cueillir sur l'arbre le sublime et le légendaire, il nous faut bien aller les chercher là où ils ont trouvé leur dernier refuge : dans le stade.

Antoine Blondin,
dans *L'Equipe de France*,
anthologie de G. Prouteau,
Plon, 1972

«Le test-match de Johannesburg»

Alors Lucien Mias se déchaîna.

Mystère contenu dans cette carcasse inesthétique, ce ventre flasque, ces épaules maigres et molles! Où va-t-il chercher tant de puissance et de fougue?

Ce que fit Mias à Ellis Park le 16 août 1958 est absolument inimaginable, les mots ne

L'équipe qui affronta l'Irlande en 1958 : derrière, de gauche à droite, Monmejat, Mias, Domec, Barthe, Crauste, Roques, Quaglio et Vigier; devant, de gauche à droite, Rancoule (arbitre), Prat, Labazuy, Vanier, Danos, Martine et Taricq.

peuvent pas le rapporter, il fallait le voir pour y croire. Il joua un match comme on n'en joue qu'un dans une vie.

Roger Vigier devait me confier plus tard :

– Je m'arrêtais de jouer pour mieux l'admirer!

Etaient-ce les vapeurs du rhum qui l'avaient mis dans cet état de délire rugbystique, ou bien le sentiment de son apogée, ou bien, tout simplement, sa classe, cette classe mystérieuse, insolite, qui fait passer mille fois dans un match la balle par ses mains?

Il fit tout ce qu'il est humainement possible de faire dans un match de rugby, il fit davantage à lui seul que les huit avants Springboks réunis. Il prit les balles à la touche, s'échappa isolément après de vastes feintes de passes qui ridiculisaient ses monstrueux opposants, au ras de la touche amorça des offensives percutantes ou bien distribua clairement les balles pour ses arrières, plaqua, poussa comme un forcené, participa à tous les mouvements majeurs de la partie, il hurla et fit tant que la presse sud-africaine, pétrifiée, avoua : «C'est le plus grand avant de rugby qu'on ait jamais vu en Afrique du Sud.»

Chacun de ses gestes symbolisait le grand élan du rugby.

Exaltait ses partenaires.

Grandissait l'équipe de France.

Sublimait la rencontre. [...]

[...] il restait cinq minutes à tenir. Cinq minutes, et la victoire serait inscrite, plus grande victoire du rugby français, plus grand exploit du sport national au même titre que les triomphes historiques de Carpentier, Cochet, Cerdan.

Cinq minutes et, pour la première fois depuis 1896, les Springboks seraient battus sur leur sol dans une série de test-matches.

Cinq minutes pour achever la tournée. Pour ressortir, triomphants, de la Fosse aux Springkboks...

Hardi! Les rugbymen de France! Pensez à tous les vôtres, au retour; pensez au père Crabos, à Jean Prat et à sa surprise; pensez à vous et à vos six semaines de sacrifices. Pensez au rugby et à tout ce qu'il vous a donné... Regardez ces tribunes immenses, cent mille gens qui vous entourent... Remarquez ce silence de mort, cette consternation... A vous quinze, vous avez battu un pays, un grand pays! Cinq minutes, quoi! Vous n'avez plus le droit de perdre... Hardi!

Encore quatre minutes, la mêlée Springbok pousse comme mille bœufs. Tenez bon!

Trois minutes, elle progresse dans le camp français. Hardi! Hardi!...

Deux minutes : Kaminer a percuté le réseau français, l'a traversé en flèche, porté par une foule ressuscitée, déchaînée, hurlante. Il fonce aux dix mètres français mais les cris, le pathétique du moment, la soudaineté même de sa percée, la mission immense dont il se sent porteur l'ont halluciné. Il commet une monstrueuse erreur, il passe trop tard à Fourie. Formidablement plaqué, Marquesuzaa! Bien repris, Stener! Hardi!...

Plus qu'une minute : coup de pied de pénalité contre la France dans ses 22 mètres. De là, il est aisé pour les Springboks d'inscrire trois points. Mais trois points ne suffisent plus. La foule crie : «Up! Up!» Alors, Claassen prend la balle et, plutôt que de tenter le but, lance une dernière attaque. Pickard essaie de passer en force. Couchez-le! Allez-y! Pour la dernière fois, piétinez le Springbok! La victoire en chantant... Le jour de gloire... Hardi!

Fourie encore, Fourie qui est venu au centre et qui veut forcer le passage...

Fini! C'est fini, les gars! M. Ackerman a sifflé trois fois. La tournée est terminée, vous avez gagné, vous êtes des héros! Je n'oublierai jamais...

Denis Lalanne, *Le Grand Combat du XV de France*, La Table Ronde, 1959-62

Dans les tribunes de l'Arm's Park

J'étais venu sur la côte galloise attiré par la rencontre entre le Pays de Galles et la France dans la dernière partie de rugby comptant pour le tournoi des Cinq nations* [...]. Cinq minutes avant la fin notre équipe gardait encore deux points d'avance et occupait solidement le terrain de l'adversaire qui jouait le nez dans le vent.[...]

Dans les tribunes du vieil Arm's Park cette année-là le peuple angoissé venait de renoncer aux cantiques et aux actions de grâces. Notre équipe avait l'humeur attaquante. Un mouvement de ses lignes arrière, tout de suite éclairé par une percée profonde du demi d'ouverture, nous fit entrevoir un dénouement plein de drapeaux et de fanfares. Le crachin ne tombait plus. On avait refermé les parapluies rouges, les yeux se plissaient sous les casquettes de feutre.

Le ballon s'envola dan le jour gris pour une passe très haute, une passe en cloche, destinée au trois-quarts centre qui courait vers la ligne de but galloise flanqué de notre ailier gauche. C'est alors qu'un grand gaillard au maillot rouge frappé des trois plumes blanches s'emparait en sautant de cette balle volante et, la serrant de la main droite sur sa poitrine, entreprenait en louvoyant sur l'herbe grasse une course de quatre-vingts mètres contre le vent. Au bout de la course, il y avait cet essai qui donnait par un point la victoire au Pays de Galles.[...]

A Cardiff, après l'Arms Park, un peuple entier déferle dans les rues, ronge les trottoirs, engloutit les voitures, tombe des fenêtres, enfonce les portes des bars. Nous avions naïvement pris rendez-vous pour midi, Gwynne Griffiths et moi, au bar du Royal Hotel. Je n'ai guère compris comment cette résidence, ordinairement si paisible, n'éclatait pas comme une grenade mûre. Loin de repousser, la foule aspire. A peine a-t-on gagné la bataille de la porte que l'on se voit tiré, comme un bateau qui sombre, dans une tempête d'hommes forts. Ce n'est pas le combat de Gilliat contre la pieuvre, c'est l'étouffement dans la houle dure des poitrines bardées de tweed, tandis que des rues, aux docks, aux boutiques, au vieux château pavoisé et jusqu'aux portes du stade monte la terrible rumeur galloise des jours de combat. Sur les marches du Royal Hotel et les trottoirs de Saint Mary Street des bouquets de filles évanouies jonchent la matinée du samedi.

Sitôt les maillots échangés entre les joueurs des deux camps nous avions repris, Gwynne et moi, la route de Swansea, nous arrêtant aux tavernes des carrefours pour honorer cet après-midi plein d'invention et de courage. Le pays de Galles des usines et du charbon oubliait un instant sa vie dure et flottait des villes aux villages, accroché à ses pintes de bière, à son rêve et à ses chants. A Cardiff, une heure avant le coup d'envoi, la foule était entrée dans ces invocations aux ancêtres qui sanctifiaient le terrain sous la pluie et faisaient monter de la ville entière une prière mélancolique, déchirée par le cri des mouettes curieuses. J'avais compté un soir cent soixante-quatorze choristes dans l'ensemble Grischkatt de Stuttgart. Mais à l'Arm's Park, ils étaient soixante mille. C'était un peuple qui chantait.

Kléber Haedens, *Adios*,
Grasset, 1974.

* Le match Galles-France est celui de 1966. Les joueurs impliqués dans le récit sont Gachassin, Boniface et le Gallois Stuart Watkins.

Guy et André Boniface.

Cette balle qui brûle...

Avant de devenir l'un des plus proches compagnons du général Leclerc, puis l'auteur de «La Grotte», et l'un des maîtres à penser de la stratégie française, le Saint-Cyrien Georges Buis avait été un heureux trois-quarts centre au Racing, l'équipe fameuse de Géo Gérald. Depuis lors, des tribunes de Colombes au Stadium des Ponts-Jumeaux, il n'a pas raté le moindre France-Galles, ou Toulouse-Lourdes, sachant en faire apprécier à ses voisins les senteurs les plus subtiles. Comme Michel Serres, qui, avant d'être capitaine au long cours, professeur de philosophie à la Sorbonne, auteur du célèbre «Cinq sens» et membre de l'Académie française fut un fort bon troisième ligne du S. U. agenais, les bleu-et-blanc de Lacroix et de Sitjar.

Ouverture

«Elle brûle cette balle!» hurle encore à mes oreilles, du fond de ma jeunesse, l'entraîneur qui s'indigne de ce que, cuir au cœur, je triche d'amour au jeu de «ballon vole». Eh oui, elle brûle… Et que ne donnerais-je, aujourd'hui, pour la glisser d'un vol rectiligne de perdrix au galop triomphant du jeune corps qui l'appellerait à mon côté. C'est si simple «de donner à l'ami la balle qui le rendra heureux». Mais trop de voix chères se prévalent d'immenses joies autrefois partagées : «Encore trois, quatre foulées!

Va dans les cornes, vieux! Mais ouvre! Ouvre n'importe comment mais ouvre!» [...].

Cette balle! Au coup d'envoi, faussement indifférente, mollement posée au milieu du terrain, elle évoque irrésistiblement le pur-sang qui surveille du coin de l'œil le cavalier qui va le sangler. Certes, dans quelques instants, au «souffle de la botte», il passera au pas espagnol, le bel alezan, mais non sans mijoter de sérieuses «défenses». A la balle, on va demander de s'inscrire sagement dans la plus ordonnée des empoignades échevelées, d'adopter éventuellement la pure trajectoire de l'obus, de s'offrir en hostie à la ferveur des premières lignes, d'émerger de houles battantes pour reposer sagement, comme si elle ne participait plus à l'action, elle qui en est plus que jamais le cœur, immobile boîte à malice habitée d'incroyables cabrioles.

Pour inventer le rugby il fallait des Anglais. Des excentriques organisés, des gens qui prennent les choses comme elles sont et les font fonctionner telles quelles. Mieux, il fallait les Anglais du XIXe siècle. Il fallait de grandes gueules assoiffées et iconoclastes, assez celtes pour croire que Wellington pouvait vaincre Napoléon ou que rien n'empêchait de porter sous son bras un ballon fait pour être joué au pied. Plus encore, il fallait que tout de suite s'abatte sur ces hérétiques cette étrange invasion d'OVNI connus en Angleterre sous le nom de Victoriens, qui, à contre-courant de tout, gravement, pendant un siècle, allaient codifier en «noble art» les jeux de vilains, fonder en exploit militaire la confondante stupidité de la charge de la Brigade légère et faire de William Webb Ellis une sorte de Descartes déformable. Ainsi réussirent-ils l'incroyable gageure, s'agissant de rugby à quinze, de débiter l'irraisonné en tranches raisonnables. C'est le passage d'une tranche à l'autre qui fait du voyou un gentleman, de l'homme aux mains vides un animal sacré et du porteur de ballon un «condamné à mort»...

Georges Buis,
préface de *Le rugby c'est un monde*,
de Jean Lacouture,
Le Seuil, 1979

Une liturgie tragique

Le mot culture, on le sait, a deux sens. Le sens académique : il est dit cultivé

celui qui sait les langues, écoute les concerts, voit les expositions, et en parle aisément. C'est le sens des tombeaux et des institutions. Le sens de l'anthropologie : la culture, c'est la fête au village, le parler local, costume et cuisine, un certain sens de la vie collective, bref l'existence ordinaire des agriculteurs, avant qu'on la détruise dans ce pays.

On va toujours du deuxième sens au premier pour que le premier puisse vivre, les grands, Montaigne ou Molière, ayant su revenir au second, pour que le premier garde un sens et du fruit. [...] il s'agit de culture, d'une de nos ultimes manières d'être ensemble. Connaissez-vous des réunions publiques où la ferveur, où la croyance, où la participation sont telles qu'il soit possible d'en mourir? Bordeaux, 1965, demi-finale Agen-Dax, trois morts par arrêt du cœur. L'émotion. Combien de morts par émotions aux assemblées politiques, religieuses, culturelles, aujourd'hui? Les Grecs suffoquaient à la tragédie, les mères y accouchaient d'émoi. Contrairement à ce que vous voyez, il n'y a pas de public au rugby, les Bitterois y sont le chœur des héros rouge et bleu, les Palois le chœur des demi-dieux de la Section, le chœur joue son rôle et sa partition. Il n'y a aucune distance entre le groupe et son équipe, comme il en existe une entre les acteurs d'une troupe et le parterre, par exemple. Le groupe chante et crie, tremble et triomphe, et tout à coup se met à exister. On ne voit cela nulle part ailleurs.

Je suis d'Agen par le XV d'Agen, non pas comme ma paroisse, mon clocher, ma commune qui, eux, ont disparu avec la politique vaine, mais comme un indien pouvait être renard, ou serpent, ou bison. C'est mon totem, c'est moi et mon appartenance, mon groupe et moi ensemble, notre religion, notre histoire et nos dieux. Les ethnologues feraient bien d'aller y voir de près, ainsi que les historiens des religions les plus

anciennes. Les traces des archaïsmes les plus enfouis sont là, devant nous et en nous, formidablement vivantes. Si puissantes qu'elles attirent les grands parasites : facismes et capitaux. [...]

Ecoutez donc la marée humaine hurler. Voici l'écho ou la reprise du plus enfoui des archaïsmes. Cette cérémonie est religieuse, j'entends par religion des choses oubliées depuis toujours, des choses barbares, sauvages, qui n'ont peut-être jamais eu de mots dans aucune langue, et qui nous viennent de nos commencements, sans texte. Les corps individuels, réduits à leur puissance nue, en cet état de grâce qu'on appelle la forme, tissent du collectif au moyen d'un objet bizarre, une balle, au voisinage même de cette destruction du collectif qu'est la violence. Et tout à coup, la mayonnaise prend. Je sais, dans mon dos, où tu es, je fais la passe sans te voir, je la reçois, dans mes mains, au cordeau, car j'ai su bien avant ton geste, que tu voulais me l'envoyer, je suis soudain rempli des autres, je perds mon principe d'individuation, je ne suis plus que mon équipe, un étrange bonheur m'envahit, comme une extase.

En même temps, une foule, mon groupe, désagrégée dans son tohu-bohu désordonné, voit et vit ce lien tout nouveau, et le mime, en construit ou en forme à son tour de la même façon, elle perd le bruit pour le signe, elle crie, elle dit, elle se lève ensemble pour chanter un seul mot, son extase. Un court-circuit foudroyant va des corps au collectif, sans la langue, par la vague de fond de la violence et des clameurs. Comment nommer ce court-circuit, et que dire de cet objet-navette propre à tisser un assemblage d'hommes, comment parler de tout cela qui ne requiert aucun langage? Il y a du sacré dans ces amours nombreuses, et dans ces cris multipliés.

Michel Serres,
«Le culte du ballon ovale»,
Le Monde,
4 mars 1979

La Coupe du Monde 1999 : l'exploit français

Le 31 octobre 1999, les Tricolores réalisent l'impossible : battre la Nouvelle-Zélande en demi-finale de la Coupe du monde (43-31). Les Bleus étaient pourtant «partis pour se sauver», comme l'avoue ici l'ailier Philippe Bernat-Salles. Mais il s'est passé quelque chose d'extraordinaire ce jour là, d'inattendu, que Daniel Herrero identifie à «l'énergie de la survie». Malgré leur défaite en finale face à l'Australie, les joueurs de Raphaël Ibanez seront, à Twickenham, entrés dans l'histoire du rugby français.

Philippe Bernat-Salles, l'ailier de l'équipe de France (1,80m), devant le colossal Jonah Lomu.

Je me souviens

Je me souviens d'un dimanche après-midi à Twickenham. Avant notre demi-finale contre la Nouvelle-Zélande, nous sortons reconnaître le terrain, autant pour prendre l'air que pour prendre nos marques. Je suis avec «Titou» Lamaison, mon compagnon de chambre depuis le début. Et les All Blacks sortent à leur tour. Jonah Lomu s'avance, monumental, avec son Walkman de 15 kilos! Tout le monde me regarde, moi, l'ailier de 1,80 m et 79 kg et mes coéquipiers, mes potes, s'esclaffent. Ils sont morts de rire et moi, bien forcé, je me mets à rigoler à mon tour. Alors, je fais semblant de m'être claqué : «Ah! Je ne peux plus jouer!»

Je me souviens bien de ce drôle de rire, de cette attitude apparemment décontractée, alors que nous sommes crispés, tendus, très concentrés. La semaine a été difficile puisque presque tous nous ont prédit une catastrophe. Comment oublier que cette équipe de France est entrée dans l'histoire l'été précédent, à Wellington, en perdant 54-7, record du siècle pour les Bleus?

Je me souviens tellement de notre départ pour Twickenham. Dans le car, nous nous sommes sentis portés, et même transportés, par le beau mot, si humain, de sauvegarde. On ne voulait pas être pris pour des «charlots ». On avait une grosse peur au ventre et, partout ailleurs, une énorme détermination. Au retour, après notre victoire 43-31, on ne cessera de se dire : «On était partis pour se sauver». Exactement ce qui nous manquera, six jours plus tard, pour espérer vaincre l'Australie.

La veille de cette demi-finale, j'ai très bien dormi. Même Lomu ne m'a pas fait faire de cauchemars. D'ailleurs, je l'ai déjà rencontré deux fois, à Toulon avec les Barbarians et à Hamilton l'été

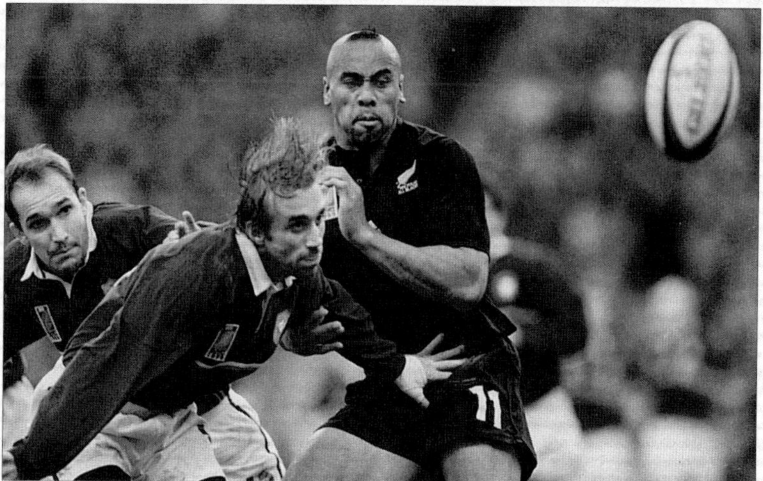

dernier. Je m'en suis bien sorti, mais là, je sais bien que ce n'est pas pareil. Que c'est le grand rendez-vous. Le vrai.

En première mi-temps, je n'y suis pas du tout. Sur le premier essai de Lomu, je fais une grosse faute. Puis, je me retourne et je vois Abdel Benazzi et Cédric Soulette rebondir sur lui. Et là, je me dis qu'il n'existe pas de plan anti-Jonah... En deuxième mi-temps, je monte plus vite pour l'empêcher d'avoir des ballons. Je coupe les trajectoires et l'espace entre l'arrière Wilson et lui. C'est déjà mieux.

Si je me souviens de la 75e minute! Ballon contré entre Cullan et Umaga, sur notre ligne des 22 mètres. Olivier Magne, dit «Charly», pousse au pied. De ma position d'ailier, je suis excentré. Je bondis, je regarde droit devant moi : il n'y a plus un Black ! Je reviens dans la foulée de «Charly». C'est long 80 mètres, on a le temps de penser. Un moment, je me dis que je vais le laisser marquer. Puis «Charly» tape un second coup de pied. Et je comprends qu'il n'ira pas au bout car j'ai senti Wilson, revenu en travers, juste derrière moi. J'ai beaucoup attendu, cette fois j'accélère. La ligne, le ballon... Qu'est-ce que je fais : je le ramasse, je le pousse au pied? Je choisis de plonger bien avant l'en-but. Surtout penser à bien prendre le ballon, à placer une main devant, une autre par-dessus, il faut qu'il me colle aux bras, au corps... Essai, le quatrième de l'équipe de France. Magique! […]

Je me souviens d'avoir commencé cette coupe du monde en costume cravate. C'était contre le Canada, et «Titou» Lamaison ne jouait pas non plus.

En fait, même contre les Fidji, à Toulouse, où nous n'avons pas été convaincants, on sentait que le groupe était bien. Et Fabien Galthié est arrivé. Il a joué son rôle. Un grand rôle. «Rapha» Ibanez a tout de suite compris. Il a pu se consacrer beaucoup plus à son jeu et Fabien a pris les clés du camion. Même des joueurs aussi influents que Abdel Benazzi et Fabien Pelous en avaient besoin. A leur poste de deuxième ligne, il leur faut aller au charbon. Et quand on est à la mine, on ne voit pas toujours ce qui se passe en surface.

Je me souviens aussi, forcément, des longues minutes qui ont suivi la victoire de l'Australie en finale, de ce protocole interminable. Je savais que ce match, on l'avait perdu dans les jours précédents : on ne se sentait pas en danger, on voulait jouer. Une semaine à l'envers...

Et moi, dans ce Millenium de Cardiff, je pleurais.

Battre les Blacks, c'est fabuleux, évidemment, ça donne le vrai bonheur, mais perdre une finale, c'est terrible, c'est un gouffre. Nous, les joueurs, nous sommes comme des enfants : on en veut toujours plus... Plus tard dans la soirée, on sentira qu'il nous manque quelque chose. La Coupe du Monde, tout simplement.

Philippe Bernat-Salles,
La Coupe du Monde de Rugby 1999
Editions Méréal, 1999

L'énergie de la survie

A en croire tous les experts de rugby, tous les cupides bookmakers et même les plus fidèles supporters, cette victoire de la France contre les All Blacks, diamant sculpté par quinze coqs en colère, n'aurait jamais dû exister. Depuis plus d'un an, ses matches n'étaient que ragoûts produisant des ulcères rongeurs. Seulement huit jours plus tôt, Augustin Pichot et ses Argentins nous malmenaient encore de leur fraîcheur tonitruante : et bien que la France fût victorieuse, il fallut sortir maints arguments dialectiques faisandés pour trouver dans son jeu du «mieux», de «l'encourageant», bref de l'espoir? Normal, me direz-vous! L'homme n'est pas un être logique, mais psychologique. Le Français en particulier!

Que s'est-il donc passé en ce jour J. 31 octobre 1999 à Twickenham, pour qu'après match tous les contempteurs du monde mutent en thuriféraires et que la flagornerie inonde la salive des langues de bois? La quasi-totalité des rugbymen de France ont baigné dès l'école de rugby dans une pédagogie basée sur l'offense et la vexation. Les modes de fonctionnement dominants des sportifs français sont la pulsion, la réaction, l'irruption, le hurlement à la mort. Comme si la transcendance naissait de la révolte et se nourrissait du jouissif trouble caractériel nommé paranoïa, décuplant ponctuellement les terribles ressources d'agressivité. Acculés, se sentant mal aimé («Partons de nos terres, notre peuple ne nous aime plus!»), les Coqs allaient devoir lutter contre les Néo-Zélandais, tenants de tous les mythes : haka, Tana, Jonah, dont l'entraîneur déclarait le matin même du match : «Nous sommes invincibles.»

Tout était en place pour cette dramaturgie : la survie. Celle basée sur le soulèvement et la révolte barbare, avec pour fondement stratégique le corps-à-

corps et la terre brûlée, pour logistique la Grosse Bertha sur terre et les pieds aiguisés de Christophe Lamaison en attaque aérienne. Les Bleus n'avaient pour vaincre qu'une ligne de conduite possible, celle déjà expérimentée par les Coqs «méchants» du Mins en 1961, ceux rebelles et blessés de Fouroux en 1986 et les Coqs affolés et abandonnés de Skela en 1996 à Toulouse : prendre l'orgueil pour loi unique, la conquête de la balle pour credo, sa conservation comme volonté sacrée et les pieds de l'artilleur comme gérants du tableau d'affichage. Et si l'adversaire prend peur… le harceler en contres ou en pression. Tout cela fut fait! Admirablement.

Ce surplus d'énergie que tous les Français ont puisé à l'unisson au fin fond des réserves inexploitées s'est traduit par une agressivité hallucinante et une férocité défensive jamais atteinte par une équipe de rugby française. Dans cet élan faramineux, les rebords devinrent favorables, les pieds se mirent à voir, et les mains à courir. Si ce jour-là nous avions joué les Australiens à la place des Blacks, ils seraient probablement passés à la trappe, carbonisés eux aussi. Et les All Blacks nous auraient certainement mis une avoinée en finale. Car l'énergie de survie ne se développe pas deux fois en suivant, surtout si l'on s'est «sauvé» la première fois. L'énergie de survie n'est pas de même nature que l'énergie de conquête. Le rugby produit par le Quinze de France en demi-finale contre les All Blacks fut un joyau de fiel tellement sublimé qu'il prit un goût de miel, fusant des ventricules d'un organe mystérieux appelé… cœur! Au total, les Français marquèrent quatre essais ébouriffants, sans se faire plus d'une passe. Les Coqs, leur coach et le Rugby de France étaient sauvés. En moins d'une heure trente de lumière, ils étaient passés des abysses aux étoiles, du déclin à l'apogée.

Il restait une semaine pour concevoir et fabriquer une nouvelle énergie : l'énergie de conquête. Celle qui naît du travail pugnace, de la méthode assimilée, de l'expérience mûrie. L'énergie de conquête contraint à la métamorphose culturelle. Une petite semaine! Rien de tout cela ne pouvait être au rendez-vous de la finale. Nos Coqs n'avaient comme unique nourriture que le bonheur venu de la demi-finale, et le rassurant : «Soyez donc courageux et tout vous sera pardonné». Les Français furent donc courageux, généreux, mais finalement assez faibles en construction. Moins d'élan, moins de souffle, moins de lien… moins de tout. Normal! L'énergie de conquête n'est pas émouvante. Elle est froide, rationnelle, maîtrisée. Robotisée. Elle est… australienne.

Daniel Herrero,
Le Journal du Dimanche,
14 novembre 1999

CHAMPIONNAT DE FRANCE

RCF : Racing Club de France
SCUF : Sporting Club universitaire de France
SF : Stade français

1892 RCF bat SF
1893 SF bat RCF
1894 SF bat Inter Nos
1895 SF bat Olympique
1896 Olympique bat SF
1897 SF
1898 SF
1899 Bordeaux bat SF
1900 RCF bat Bordeaux
1901 Bordeaux bat SF
1902 RCF bat Bordeaux
1903 SF bat Toulouse
1904 Bordeaux bat SF
1905 Bordeaux bat SF
1906 Bordeaux bat SF
1907 Bordeaux bat SF
1908 SF bat Bordeaux
1909 Bordeaux bat Toulouse
1910 Lyon bat Bordeaux
1911 Bordeaux bat SCUF
1912 Toulouse bat RCF
1913 Bayonne bat SCUF
1914 Perpignan bat Tarbes
1915 *pas disputé*
1916-1919 Coupe de l'Espérance
1916 Toulouse bat SF
1917 Nantes bat Toulouse
1918 RCF bat Grenoble
1919 Tarbes bat Bayonne
1920 Tarbes bat RCF
1921 Perpignan bat Toulouse
1922 Toulouse bat Bayonne
1923 Toulouse bat Bayonne
1924 Toulouse bat Perpignan
1925 Perpignan bat Carcassonne
1926 Toulouse bat Perpignan
1927 Toulouse bat SF
1928 Pau bat Quillan
1929 Quillan bat Lézignan
1930 Agen bat Quillan
1931 Toulon bat Lyon
1932 Lyon bat Narbonne
1933 Lyon bat Narbonne
1934 Bayonne bat Biarritz
1935 Biarritz bat Perpignan
1936 Narbonne bat Montferrand
1937 Vienne bat Montferrand
1938 Perpignan bat Biarritz
1939 Biarritz bat Perpignan
1940-1942 *pas disputé*
1943 Bayonne bat Agen
1944 Perpignan bat Bayonne
1945 Agen bat Lourdes
1946 Pau bat Lourdes
1947 Toulouse bat Agen
1948 Lourdes bat Toulon
1949 Castres bat Mont-de-Marsan
1950 Castres bat RCF
1951 Carmaux bat Tarbes
1952 Lourdes bat Perpignan
1953 Lourdes bat Mont-de-Marsan
1954 Grenoble bat Cognac
1955 Perpignan bat Lourdes
1956 Lourdes bat Dax
1957 Lourdes bat RCF
1958 Lourdes bat Mazamet
1959 RCF bat Mont-de-Marsan
1960 Lourdes bat Béziers
1961 Béziers bat Dax
1962 Agen bat Béziers
1963 Mont-de-Marsan bat Dax
1964 Pau bat Béziers
1965 Agen bat Brive
1966 Agen bat Dax
1967 Montauban bat Bègles
1968 Lourdes / Toulon *match nul*
1969 Bègles bat Toulouse
1970 La Voulte bat Montferrand
1971 Béziers bat Toulon
1972 Béziers bat Brive
1973 Tarbes bat Dax
1974 Béziers bat Narbonne
1975 Béziers bat Brive
1976 Agen bat Béziers
1977 Béziers bat Perpignan
1978 Béziers bat Montferrand
1979 Narbonne bat Bagnères-de-Bigorre
1980 Béziers bat Toulouse
1981 Béziers bat Bagnères-de-Bigorre
1982 Agen bat Bayonne
1983 Béziers bat Nice
1984 Béziers bat Agen
1985 Toulouse bat Toulon
1986 Toulouse bat Agen
1987 Toulon bat RCF
1988 Agen bat Tarbes
1989 Toulouse bat Toulon
1990 RCF bat Agen
1991 Bègles bat Toulouse
1992 Toulon bat Biarritz
1993 Castres bat Grenoble
1994 Toulouse bat Montferrand
1995 Toulouse bat Castres
1996 Toulouse bat Brive
1997 Stade toulousain bat C.S. Bourgoin-Jollieu
1998 Stade français bat USA Perpignan
1999 Stade toulousain bat A.S. Montferrand

TOURNOI DES CINQ NATIONS

1883 Angleterre
1884 Angleterre
1886 Angleterre / Ecosse
1887 Ecosse
1890 Angleterre / Ecosse

1891 Ecosse
1892 Angleterre
1893 Galles
1894 Irlande
1895 Ecosse
1896 Irlande
1898 Ecosse
1899 Irlande
1900 Galles
1901 Ecosse
1902 Galles
1903 Ecosse
1904 Ecosse
1905 Galles
1906 Irlande / Galles
1907 Ecosse
1908 Galles
1909 Galles
1910 Angleterre
1911 Galles
1912 Angleterre / Irlande
1913 Angleterre
1914 Angleterre
1920 Angleterre / Ecosse / Galles
1921 Angleterre
1922 Galles
1923 Angleterre
1924 Angleterre
1925 Ecosse
1926 Ecosse / Irlande
1927 Ecosse / Irlande
1928 Angleterre
1929 Ecosse
1930 Angleterre
1931 Galles
1932-1944 Absence de la France
1932 Angleterre / Galles / Irlande
1933 Ecosse
1934 Angleterre
1935 Irlande
1936 Galles
1937 Angleterre
1938 Ecosse
1939 Angleterre / Galles / Irlande
1947 Galles / Angleterre
1948 Irlande
1949 Irlande
1950 Galles
1951 Irlande
1952 Galles
1953 Angleterre
1954 Angleterre / France / Galles
1955 France / Galles
1956 Galles
1957 Angleterre
1958 Angleterre
1959 France
1960 France / Angleterre
1961 France
1962 France
1963 Angleterre
1964 Ecosse / Galles
1965 Galles
1966 Galles
1967 France
1968 France
1969 Galles
1970 France / Galles
1971 Galles
1972 *pas de classement établi* (les matchs Irlande-Ecosse et Irlande-Galles n'ont pas lieu, en raison des événements d'Irlande)
1973 *Egalité*
1974 Irlande
1975 Galles
1976 Galles
1977 France
1978 Galles
1979 Galles
1980 Angleterre
1981 France
1982 Irlande
1983 France / Irlande
1984 Ecosse
1985 Irlande
1986 France / Ecosse
1987 France
1988 France / Galles
1989 France
1990 Ecosse
1991 Angleterre
1992 Angleterre
1993 France
1994 Angleterre
1995 Angleterre
1996 Angleterre
1997 France
1998 France
1999 Ecosse

Grand Chelem

Angleterre, 10 fois : 1913, 1914, 1921, 1923, 1924, 1928, 1957, 1980, 1991, 1992
Pays de Galles, 8 fois : 1908, 1909, 1911, 1950, 1952, 1971, 1976, 1978
France, 6 fois : 1968, 1977, 1981, 1987, 1997, 1998
Ecosse, 3 fois : 1925, 1984, 1999
Irlande, 1 fois : 1948

COUPE DU MONDE

1987 Nouvelle-Zélande
1991 Australie
1995 Afrique-du-Sud (les Springboks, qui participent pour la première fois à la compétition, l'emportent)
1999 Australie

COUPE D'EUROPE DES CLUBS

1996 Toulouse bat Cardiff
1997 Brive bat Leicester
1998 Bath bat C.A. Brive
1999 Ulster bat U.S. Colomiers

CHAMPIONNAT DES PROVINCES DE L'HÉMISPHÈRE SUD

1996 Auckland Blues bat Natal
1997 Natal bat ACT Brumbies
1998 Canterbury Crusaders bat Auckland Blues
1999 Canterbury Crusaders bat Otago Highlanders

CHRONOLOGIE

1823 William Webb Ellis, à Rugby School, s'empare du ballon à deux mains.
1846 Publication du code de Rugby.
1863 Les partisans des deux manières (futurs football-association et football-rugby) prennent acte de leurs différences. Scission. Le premier club australien est fondé à l'Université de Sydney.
1871 26 janvier : création de la fédération en Angleterre, la Rugby Football Union. 27 mars : première rencontre internationale, Ecosse-Angleterre, à Edimbourg.
1872 Création du Havre Athletic Club, premier club sportif français.
1873 13 mars : création de la Scottish Football Union.
1873-75 Création de la Irish Football Rugby Union.
1875 Première rencontre Irlande-Angleterre, au Kennington Oval de Londres.
1877 Les équipes sont réduites de 20 à 15 joueurs.
1879 Des Anglais créent le Paris Football Club.
1881 Fondation d'un club entièrement maori en Nouvelle-Zélande. 9 février : premier match Galles-Angleterre, à Blackheath. Création de la Welsh Football Union.
1882 Naissance du Racing Club de France.
1884 Ebauche du Tournoi des Nations : Angleterre, Ecosse, Galles, Irlande.
1888 Création du Stade français.
1889 Création de la South African Rugby Board.
1890 Création de l'International Board. Début d'un championnat inter-scolaire à Paris.
1891 Création de la New-Zealand Rugby Football Union.
1892 18 avril : rencontre Stade français-Rosslyn Park à Levallois.
1893 Février : tournée des joueurs français en Angleterre, commandée par Frantz Reichel.
1895 Sécession de la Northern Rugby Union.
1899 Le Stade bordelais devient champion de France contre le Stade français.
1905-06 Tournée en Europe des All Blacks néo-zélandais qui l'emportent partout sauf contre Galles.
1906 1er janvier : ils battent la France à Paris. Avril : l'Angleterre écrase les Tricolores au Parc des Princes.
1907 Première tournée des Springboks sud-africains en Europe.
1910 La France obtient une participation plus ou moins latérale à ce qui devient le Tournoi des Cinq Nations.
1920 Constitution de la Fédération française de rugby. La France devient partenaire à part entière du Tournoi des Cinq Nations.
1931 Rupture des Britanniques jusqu'en 1939.
1954 Première victoire – partagée – de la France dans le Tournoi.
1957 Le Tournoi commence à être régulièrement retransmis en Eurovision.
1959 La France seule en tête du Tournoi.
1968 La France remporte son premier grand chelem.
1987 Juin : première Coupe du Monde de rugby, en Australie et Nouvelle-Zélande. 16 nations participantes. Finale : Nouvelle-Zélande bat France.
1991 Coupe du Monde en Grande-Bretagne et en France. Finale : Australie bat Angleterre.
1995 Coupe du Monde en Afrique du Sud. Finale : Afrique du Sud bat Nouvelle-Zélande.
1996 Première Coupe d'Europe des clubs. Premier Championnat des provinces de l'hémisphère Sud.
1999 Coupe du Monde au pays de Galles : Australie bat France. L'Italie est partenaire de ce qui devient le Tournoi des Six Nations.

BIBLIOGRAPHIE

- Albaladejo, Pierre, *Les Clameurs du rugby*, Paris, Solar, 1971.
- Barran, Robert, *Le Rugby des villages*, Paris, Editeurs Français réunis, 1974.
- Bodis, Jean-Pierre, *Encyclopédie du rugby français*, Dehedin, 1989 ; *Histoire mondiale du rugby*, Toulouse, Privat, 1987.
- Dauger, Jean, *Histoire de rugby* (préface de Jean Prat), Paris, Calmann-Lévy, 1965.
- Dedet, Dr Jacques, *Le Football-Rugby, théorie et pratique*, Flammarion, Paris, 1922.
- Delesalle, Jean-Charles, *Coupe du Monde 1999*, Paris, Editions Méréal, 1999.
- Duthen, Georges, *Le Rugby*, Paris, Denoël, 1975.
- Gachassin, Jean, *Le rugby est une fête*, Paris, Solar, 1969.
- Garcia, Henri, *La Fabuleuse Histoire du rugby*, Paris, Nathan, 1992.
- Jauréguy, Adolphe, *Qui veut jouer avec moi?*, Paris, Corréa, 1939.
- John, Barry, *Mon rugby*, Paris, Grasset, 1976.

- Lacouture, Jean, *Le rugby c'est un monde*, Paris, Le Seuil, 1979.
- Lalanne, Denis, *Le Grand Combat du quinze de France*, Paris, La Table ronde, 1959-1962.
- Landais, André, *Les Merveilleuses Passes*, Montélimar, 1975.
- Montaignac, Christian, *Maso*, Paris, Calmann-Lévy, 1974.
- Mulligan, Andrew, *Ouvert l'après-midi* (traduit de l'anglais), Paris, La Table ronde, 1964.
- Pastre, Georges, *Histoire générale du rugby* (5 tomes), Toulouse, Midi olympique, 1958-1972.
- Pociello, Christian, *Le Rugby*, «Que sais-je?», Presses universitaires de France, 1988; *Le Rugby ou la guerre des styles*, Paris, A.M. Métailié, 1983.
- Spanghero, Walter, *Rugby au cœur*, Paris, Solar, 1969.
- Villepreux, Pierre, *Le Rugby*, Paris, Denoël, 1991.
- Voivenel, Dr Paul, *Mon beau rugby*, Toulouse, L'Héraklès, 1942 (réédition, 1962).

TABLE DES ILLUSTRATIONS

COUVERTURE

OUVERTURE

CHAPITRE I

CHAPITRE II

CHAPITRE III

(derrière lui, Patrice Lagisquet).
123h David Kirk, vainqueur, tenant la coupe.
123b David Kirk à droite, Sean Fitzpatrick au centre et Steve Mc Dowell à gauche (deux avants) en 1987.
124 Coupe du Monde 1991, Nouvelle-Zélande – Angleterre : Ackford et Dooley.
125 Finale de la Coupe du Monde 1991, Australie-Angleterre : à droite, l'Anglais Hill.
126-127 Finale de la Coupe du Monde 1999, France-Australie : John Eales et Fabien Pelous.
128 Finale de la Coupe du Monde 1995 : François Pienaar reçoit la coupe des mains de Nelson Mandela.

TÉMOIGNAGES ET DOCUMENTS

129 Enfant avec ballon.
130 Max Rousié serrant la main au colonel Pascot, ministre des Sports, le 26 avril 1942, lors de la finale interzone de la Coupe, au stade Jean-Bouin à Paris.
131g Rousié, couverture de *Match-L'Intran,* 12 février 1935.
131d Guy Boniface, France-Galles, 27 mars 1965.
132-133b Gachassin, France-Irlande, 11 avril 1964.
133 Walter Spanghero, France-Ecosse, 9 janvier 1965.
134-135 Jean-Pierre Rives, France-Roumanie, 4 décembre 1983.
136 Chaussure de la marque Bulldog.
137 Planche tirée de *Le Football-Rugby,* de J. Dedet, *op. cit.*
139m Equipement du joueur, planche tirée de *Le Football-Rugby,* de J. Dedet, *op. cit.*
139g et 139d Joueurs du Stade français lors de Stade français-Pays de Galles en octobre 1911.
140 Bruneau, capitaine du Stade bordelais en 1911.
141 Carte postale du Stade bordelais en 1908; assis, de gauche à droite : Branlat, Duffourcq, Versfeld, Beyly, Martin, Lacassagne; debout, de gauche à droite : Hird, Laffitte, Droz, Giaccardy (cap.), Thil, Bruneau, Massé, Leuvielle, Hourdebaigt.
142-143 Stade français contre Biarritz Olympique au stade Pershing à Paris, le 18 octobre 1925.
144 Ballon de la marque Bulldog.
145 Journal de la Fédération, 26 février 1921.
146 Emile Lesieur, dessin de Claude Lapointe.
149 Jauréguy par Mel, 1929.
150-151 Jauréguy, France-Irlande, 5 janvier 1929, dans *L'Illustration.*
152 Jauréguy, couverture du *Rire,* 29 décembre 1923.
154 Monmejat avec la balle et, à droite, Roques et Mias, lors de France-Galles à Colombes, 4 avril 1959.
155 Equipe de France pour France-Irlande en 1958.
157 Guy et André Boniface.
158-159 Pierre Berbizier et le Néo-Zélandais Gary Whetton, finale de la Coupe du Monde à Auckland, 20 juin 1987.
160 Ondarts, France-Nouvelle-Zélande, le 15 novembre 1986.
161 France-Angleterre, années 1980.
163 Demi-finale de la Coupe du Monde 1999, France – Nouvelle-Zélande : Philippe Bernat-Salles et Jonah Lomu.
164-165 Finale de la Coupe du Monde 1999 : équipe de France.

INDEX

CRÉDITS PHOTOGRAPHIQUES

AFP, Paris 1, 2-3, 4-5, 6-7, 36, 66h, 67h, 68b, 69h, 76-77b, 88, 90-91h, 94h, 108h, 108b. L. N. Amoretti 17. Angel-Sirot, Paris 106b, 142-143. Bibliothèque nationale, Paris 65. Michel Birot 129. Ian Borthwick, Paris 99b. Bridgeman, Londres 12, 71. Jean-Loup Charmet 50-51. Colorsport, Londres 98, 102b. Corbis Sygma/Vincent Leloup 164-165. DR Dos de couv., 13, 35b, 47b, 54-55h, 57b, 62h, 66b, 68h, 68m, 69m, 75b, 83h, 89h, 90, 96-97, 99h, 112, 136, 137, 139m, 144, 145, 146. Explorer/Charmet 103, 107m. Marc Francotte, Paris 113, 124, 125. Giraudon-ADAGP 93, Paris 70. Hulton Deutsch, Londres 30b, 57h, 58-59b, 73, 86-87. Keystone 8-9, 67b, 79b, 110-111h, 110-111b, 154, 155. Coll. Serge Laget 1, 2-3, 4-5, 6-7, 8-9, 11, 42, 46, 47h, 48m, 55b, 56, 60-61b, 61, 62b, 64h, 81h, 92, 141, 149, 152. Harry Langton, Londres 14-15, 16, 19h, 20b, 21hd, 21bd, 23h, 23b, 24, 25, 26, 28-29h, 29bg, 29bd, 32-33, 35h, 37b, 38-39, 40-41, 72, 74-75h, 74b, 76h, 78h, 78b, 79h, 81b, 83b, 94b. Mansell Collection, Londres 18-19b, 22. Mary Evans, Londres 15bd, 24-25h, 27h, 31. Musée de l'école de Rugby 18, 28b, 30h. Musée de Potchefstroom, Transvaal 84-85. Roger Perrin Dos de couv. Popperfoto, Londres 16-17b. Presse-Sports 76-77h, 80-81h, 82-83 (Leech); 87h, 87b, 89b, 93, 95 (Pichon); 109b, 111, 114h, 115h, 114-115b, 116-117h, 116bg, 116bd, 118h, 118-119b (Deschamps); 119 (Leech); 128, 131d, 132-133b, 133, 134-135, 157, 160, 161. Roger-Viollet, Paris 43, 44-45, 60, 64-65b, 91b, 104, 139g, 139d, 140. Sports Agences Magazine/Jean-Bibard 127b. Sygma/L'Illustration 37h, 48b, 48-49h, 49b, 54b, 58, 101, 102h, 106-107h, 150-151. Tapabor, Paris 26-27b, 82b, 100, 105, 109h, 130, 131g. Temp Sport, Paris 2e plat de couv., 126-127, 163 (Christian Liewig); 1er plat de couv., 117 (Ruszniewski); 120, 121, 122, 123h, 123b, 158-159 (Bob Thomas). Jacques Vainstain, Boulogne 52-53. Vandystadt/D. Vincent, Paris 127h.

ÉDITION ET FABRICATION

DÉCOUVERTES GALLIMARD
COLLECTION CONÇUE PAR : Pierre Marchand.
DIRECTION : Elisabeth de Farcy.
COORDINATION ÉDITORIALE : Anne Lemaire. GRAPHISME : Alain Gouessant.
FABRICATION : Corinne Chopplet. PRESSE ET PROMOTION : Valérie Tolstoï.
SUIVI DE PRODUCTION : Madeleine Gonçalves.

VOYOUS ET GENTLEMEN. UNE HISTOIRE DU RUGBY
ÉDITION ET ICONOGRAPHIE : Delphine Babelon.
MAQUETTE : Dominique Dubois et Didier Pujos.
LECTURE-CORRECTION : Catherine Lévine.
PHOTOGRAVURE : Arc-en-Ciel.

Table des matières